Flucht ins Wunderbare

Roman

von

Alexander Castell

Bibliografische Information der Deutschen Nationalbibliothek. Die Deutsche Nationalbibliothek verzeichnet diese
Publikation in der Deutschen Nationalbibliografie; detaillierte
bibliografische Daten sind im Internet über http://dnb.d-
nb.de abrufbar.

Flucht ins Wunderbare - Roman von Alexander Castell

Neufassung und Digitalisierung von Peter M. Frey nach dem
Original von Hallberg & Büchting, Leipzig, unter Beachtung
der neuen deutschen Rechtschreibung.

Willy Lang lebte von 1883 bis 1939 und publizierte unter
dem Pseudonym Alexander Castell.

Copyright © 2017 Peter M. Frey
Herstellung und Verlag
BoD - Books on Demand
ISBN 9783744882750

Erstes Kapitel

Der Bahnhof war im Umbau begriffen und der Wiener Express, der um neun Uhr einfuhr, stand außerhalb der Halle. Philipp hatte mit Usi im Halbdunkel zwischen den Gleisen zu gehen, hinter dem Träger, der zwei große Handkoffer an einem Lederriemen über der Schulter schleppte und noch Gepäck in jeder Hand trug.

Philipp bot dem Mann an, ein Stück zu tragen, doch dieser schüttelte nur den Kopf und wankte vorwärts. Philipp hatte plötzlich eine Vision aus der Zeit, da er mit Usi in Hendaye gewesen war. Da kam eines Morgens eine bizarre Silhouette den Strand entlang. Zuerst sah man nur vier winzige, schmal Beine, die wie Nadeln in den Sand stachen, darüber etwas Breites und weit Ausladendes aufgetürmt, das ganz unerhört war im Verhältnis zu den schmächtigen Stützen des Unterbaus.

Das Ganze ein kleiner Esel, auf dessen Rücken aufgeschichtet war, was man zu Markt bringen kann: Gemüse, ein Käfig mit Hühnern, eine Kiste mit Eiern, und als Krönung hatte die dicke Bäuerin sich selbst daraufgesetzt und ihre baumelnden Beine und den ganzen Segen ihrer Felder und Ställe mit ihrem faltigen Rock bedeckt.

Das war im vorigen Frühling gewesen, ein Monat vor der Katastrophe. Merkwürdig, wie Philipp jetzt daran denken musste. Diese dünnen Eselsbeine, die so verzweifelt im Sand stocherten und nach Balance suchten, und diese dicke Bäuerin, die mit unbarmherziger Seelenruhe diese feinen, nervigen Beine mit einem großen Gewicht belastete, es kam ihm vor wie ein Sinnbild für die Ungerechtigkeit dieser Welt.

Und da war nun der Gepäckträger und Usi, die reiste. Philipp sagte: »Telegrafiere mir von Frankfurt ...«

Usi nickte nur, verzog etwas ihren Mund, als ob sie lächeln wollte. Aber ihre Oberlippe blieb fest, glitt nicht über ihre kleinen, blanken Zähne zurück, wie sonst, wenn ihr schmales Gesicht so strahlend hell wurde durch die Klarheit und den Schalk, der aus ihren Augen blitzte.

Sie antwortete: »Ja – ja – ich will dir telegrafieren.«

Dann standen sie vor dem Waggon. Sie hatte in Basel umzusteigen, denn dieser Zug ging nach Paris. Usi aber sollte am nächsten Morgen früh in Frankfurt sein, dort zwei Tage bei Freunden bleiben, ehe sie über Berlin zu ihrer Familie fuhr. Sie sollte sich dort ausruhen. Der Winter war in Zürich recht kalt gewesen. Unmengen von Schnee, jeden Sonntag Skifahren, aber Usi hatte sich dabei eine Bronchitis geholt.

Philipp hielt sie in den Armen und küsste sie, ehe sie einstieg. Allerdings schüchtern, denn sie entwand sich ihm schnell. Sie musste fort, sie schien es nicht mehr auszuhalten.

Erst jetzt, als sie aus dem Waggonfenster schaute, lächelte sie, und ihre blonden Haare quollen reizend unter ihrem kleinen Hut hervor. Philipp fühlte sich doch bewegt. Etwas Banges lag ihm plötzlich schwer auf der Brust.

Er stand regungslos, und dann sah er das rote Licht des letzten Waggons, der im Dunkeln verschwand.

Langsam durchschritt er die Halle, kam auf den wenig belebten Bahnhofsplatz und kurbelte seinen Wagen an. Während er gegen die Universität hinauffuhr, hörte er, wie einer der Zylinder klopfte. Es kam ihm durchaus nicht sonderbar vor. Er hatte den Wagen jetzt das dritte Jahr, sie hatten darin ihre Hochzeitsreise gemacht.

Wie anders heute alles war.

Philipp bewohnte in einer der stillen Straßen des Zürichberges in einem vierstöckigen Haus die oberste Etage. Als er den Wagen untergebracht hatte, stieg er melancholisch in die Wohnung hinauf, stellte sich ans Fenster des Wohnzimmers und starrte auf die Lichter der Stadt, auf den Saum der Laternen, die den Seekai schwach beleuchteten.

Er war mit Usi nicht oft glücklich gewesen, aber jetzt empfand er, wie sehr er von ihrer Atmosphäre abhängig war. Er fühlte sich einsam. Er ging in sein Arbeitszimmer hinüber, setzte sich an den Schreibtisch.

Er sah sich, es waren jetzt dreieinhalb Jahre her, an einem heißen Augustnachmittag in den mittleren der drei Lifts des Haußmannbuildings steigen. Er war am selben Morgen in Paris angekommen, und er ahnte in jenem Augenblick nicht, welch nervöses Erlebnis ihn ein paar Augenblicke später durchbeben würde.

Er hatte – er erinnerte sich noch – im dritten Stock – oder im vierten – auszusteigen, zu einer Verhandlung, die über ein paar Jahre seiner Existenz entscheiden konnte.

Im Lift befand sich noch ein Mädchen deren dünne Bluse zwei für ihre Gestalt merkwürdig große Brüste modellierte.

Als sie in der zweiten Etage ausstieg, kam eine junge Dame herein, die offenbar, ihrer ganzen Erscheinung nach, mit Geschäften nichts zu tun hatte. Sie sagte irgendetwas zum Liftboy.

Doch wie Philipp ihr ins Gesicht sah, erbebte er bis in die Tiefe seines Rückenmarkes, dass er wie berückt stehenblieb, hinter ihr ausstieg und ihr ganz betäubt nachsah, während sie in einem der ersten Büros verschwand.

Er konnte sich später diesen Eindruck nie recht erklären. Es war, als hätte sie von jenen Tagen an ganz einfach von ihm Besitz ergriffen. Und zwar ohne dass sie irgendetwas dazu getan hatte. Manchmal war ihm das wie etwas Demütigendes, Quälendes, Ungesundes vorgekommen, wogegen sich seine Natur sträubte. Er hatte zuweilen versucht, einen Grund dafür zu finden. Er dachte sich, dass, wenn Sympathie und Antipathie zwischen Menschen durch Wellen bestimmt würden, die ihren eine viel größere Spannung hatten, als die seinen. Oder wenn es auf das Reagens ihrer beiderseitigen Blutgruppen angekommen wäre, hätten ihre roten Blutgruppen die seinen im Sturm und mit einer viel größeren Vitalität aufgesogen.

Er sah heute jenen Augustnachmittag so klar vor sich. Alvaredo hatte ihm am Tag zuvor von New York telegrafiert, er solle wegen »Barranco Branca« zu einer Besprechung zu Knorr & Broth. gehen.

So war er in jenes Haus gekommen, und nachdem Usi in dem Büro verschwunden war, hatte er sich wie ein merkwürdig Willenloser auf ein Ledersofa gesetzt, entschlossen zu warten, bis sie wieder erschien.

Und sooft eine Tür ging, war er erschreckt aufgefahren.

Als sie dann wieder herauskam, schritt er hinter ihr die Treppe hinunter. Er konnte sich nicht entschließen, ihr ein Wort zu sagen, obgleich er auch eine brennende Lust verspürte, mit ihr zu reden.

Als sie unten ankamen, ging er zuerst auf dem Trottoir hinter ihr her. Wenn sie Miene gemacht hätte, in einen Wagen zu steigen, hätte er sie doch anreden müssen, aus Sorge, ihre Spur zu verlieren.

Aber da geschah ihm etwas Unerwartetes. Sie war ungefähr zehn Schritte vor ihm, als bei der nächsten Straßenkreuzung der Polizist, der den Strom der Wagen abgesperrt hatte, ihm plötzlich entgegentrat und seinen weißen Stab schwenkte.

Philipp war nun während einer halben Minute durch die vorbeistiebenden Wagen von ihr getrennt. Als er nachher wiederkam, musste er sich Rechenschaft geben, dass er sie im Gewühl verloren hatte.

Er ging wieder ins Haußmannbuilding zurück, täuschte sich erst in der Etage, kam dann zu Sprenger & Co., Transportgeschäft, erfuhr, dass die junge Dame sich erkundigt habe, wie sie Möbel aus Norddeutschland nach Paris transportieren könnte, wie hoch die Zollspesen wären, die Transportkosten. Mehr wusste man nicht von ihr.

Philipp hatte am nächsten Tag eine Halluzination. Er hatte im Hotel »Plaza« mit einer Gruppe internationaler Finanzleute zu frühstücken, als er sie, während er mit einem Herrn durch die Halle schritt, in einem Salon sitzen sah.

Hatte er sie wirklich gesehen, oder hatte die Sonne, die in den großen Scheiben lag, die Transparenz merkwürdig verändert? Philipp beging den Irrtum, mit dem anderen zuerst in den Speisesaal zu gehen, kam dann sofort zurück. Es saßen da wohl ein paar Damen, darunter eine magere Engländerin, aber die, die er suchte, fand er nicht.

In einer abenteuerlichen Nervosität kam er zum Essen. Man verhandelte eine Petroleumsache, die vor dem Krieg einer deutschen Gesellschaft gehört hatte und dann sequestriert worden war. Es sollte eine neue Anlage gebaut werden, Röhrenleitungen zu schwimmenden Tanks geführt, von denen die Petrolboote direkt gefüllt werden konnten.

Es war die Möglichkeit geboten, dass Philipp beauftragt würde, die Verhandlungen in Buenos Aires zu führen. Man konnte eventuell das Geschäft mit einer Partizipation der früheren Besitzer, für ein Syndikat, das seinen Sitz in Vaduz-Liechtenstein haben sollte, billig aufkaufen.

Zugleich hätte Philipp »Barranco Branco«, das allerdings achtzehnhundert Kilometer von Buenos Aires flussaufwärts am oberen Paraguay lag, besichtigen können.

In diese Atmosphäre war das Bild von Usi gekommen.

Er wurde zaghaft. Es war ihm damit etwas Neues, Nieerlebtes widerfahren.

Er hatte seine Adresse bei Sprenger & Co. hinterlassen mit der Bitte, ihn mit der jungen Dame in Verbindung zu bringen, sobald sie zurückkäme. Er war beklommen. Er hatte sich bis zu jenem Tag für einen normalen Menschen gehalten. Er begriff es nicht, wie er so plötzlich die Beute einer Spannung werden konnte.

Von Sprenger & Co. hörte er nichts weiter. Er hatte darauf nach London zu fahren. Doch seine Gedanken beschäftigten sich eigentlich nur mit ihr. Er versuchte, sie sich körperlich vorzustellen. Auffallend war jedenfalls, dass Usi keine Hüften hatte. Sie war wie ein Junge gebaut.

Jene Tage in London waren recht quälend. Philipp hatte für die »Atlantic Corporation«, mit der er damals schon zwei Jahre arbeitete, eine Obligationsanleihe unterzubringen. Er fand eine beträchtliche Beteiligung in London und zwei Tage darauf eine solche in Amsterdam.

Aber statt sofort nach Zürich zurückzufahren, nahm er den Umweg über Paris.

Merkwürdig, wie nahe ihm dies alles heute Abend stand.

Als er dann wieder an der Gare du Nord angekommen war und kurz vor Büroschluss am Mittag noch bei Sprenger & Co. vorbeifuhr, klopfte ihm der Puls unbändig.

Er fühlte, dass diese ganze Erregung keinen Sinn hatte. Wie wenig Chancen hatte er, ihr noch einmal zu begegnen. Sie hatte vielleicht ihr Projekt, Möbel aus Norddeutschland nach Paris zu transportieren, aufgegeben, war in die Millionenmenge dieser Stadt untergetaucht, vielleicht war sie abgereist.

Bei Sprenger & Co. wusste man wieder nichts.

Aber während er dort war, telefonierte ein Herr, der vorübergehend bei der deutschen Botschaft attackiert war und den er im vergangenen Winter in St. Moritz kennengelernt hatte.

Philipp nahm der Sekretärin den Apparat aus der Hand, und er verabredete sich zum Frühstück im »Ritz«.

Nach einer Stunde kannte der junge Diplomat Philipps Kalamität, und nach einem weiteren Telefonanruf bei Sprenger & Co. kam heraus, dass man dort allerdings die Pariser Adresse und den Namen der jungen Dame kannte, sie aber aus Diskretion nicht gegeben hatte. Es war Usi Black, die Tochter von Herman Black. Nun wusste Philipp Bescheid.

Herman Black war an Hoch- und Tiefbaugesellschaften beteiligt, vor allem bei Wouters und Van de Laere in Amsterdam.

Wie diese Zeit Philipp heute wieder beschäftigte. Er wusste seit langem, dass er zu Usi von Anfang an eine ganz falsche Einstellung gehabt hatte.

Um jeden Preis hatte er sie erobern wollen. Es war wie eine Krankheit in ihm gewesen.

Er ging jetzt in Usis Schlafzimmer hinüber. Da war alles schön geordnet. Er wunderte sich eigentlich darüber. Das war sonst nicht ihre Art. Er schlug die Briefmappe auf dem Schreibtisch auf. Da lag noch ein beschriebener Briefumschlag mit der Adresse ihrer Mutter.

Sie stand jetzt mit ihrer Mutter ganz gut, wenn auch ihr Instinkt sie eher ihrem Vater nahegebracht hatte. Herman Black hatte seine Tochter maßlos verwöhnt. Nicht dass er sie in sehr großem Luxus erzogen hätte, aber es gab nur wenig Wünsche, die er ihr nicht erfüllte.

Philipp hatte keinen Wert darauf gelegt, ein reiches Mädchen zu heiraten. Er kannte die Launen der Börse und die Illusion der großen Vermögen. Er war in seiner Ehe sofort in einen unerwarteten Konflikt geraten.

Usis jährliche Rente war doppelt so groß wie sein persönliches beträchtliches Einkommen. Dabei rechnete Philipp wie jemand, der weiß, welch entscheidenden Wert in gewissen Momenten selbst die kleinste Summe für einen Menschen haben kann. Usi dagegen gab aus, als ob, solange sie atmete, keine Macht dieser Welt diese Konstellation ändern könnte.

Sie hatte in ihrem Leben immer nur Bankschalter gekannt, hinter denen ein Mann freundlich lächelte und ihr große Scheine zuschob. Dass die Existenz dieser Scheine einem Aufwand von Energie entsprach oder einmal entsprochen hatte, dafür hatte sie kein Gefühl.

Dies hatte gleich Anlass zu Diskussionen gegeben. Philipp hatte so etwas wie die Rolle des Bourgeois zu spielen, der rechnete, Dinge vernünftig oder unvernünftig fand.

Entscheidenden Einfluss konnte er nicht haben, da Usi von ihrem eigenen Geld lebte.

Das demütigte ihn und machte ihn oft ausfallend.

Herman Black schien seinen Schwiegersohn zu schätzen. Seine vorsichtige Art, die Dinge zu behandeln, beruhigte ihn, gerade weil er selbst große Risiken einging. Es war durch Philipp ein Element in die Familie gekommen, das sicherlich fördernd war.

Für Philipp aber war es schwer, sich an Usi als ein Wesen zu gewöhnen, das sich in seiner Existenz nie einen Zwang hatte antun müssen. Ein anderer Konflikt kam hinzu. Usi war eine kindliche, spielerische Natur. Die körperliche Seite in der Ehe sagte ihr wenig zu, zur Ehe selbst war sie eigentlich durch ihren Vater bestimmt worden.

Manchmal kam ihr das später merkwürdig vor. Sie hatte dann zuweilen das Gefühl, dass jener unter der Idee ihrer Ehe litt. Es schien etwas zwischen ihm und Philipp zu stehen. Etwas Seltsames, Ungreifbares, das zwischen ihnen wühlte. Einmal sah er Usi in die Augen, indem er sie an beiden Schultern hielt, und sagte leise: »Ich kann es mir nicht verzeihen, dich ihm gegeben zu haben ...«

Es war im Zug zwischen Lausanne und Aigle. Ein Jahr nach ihrer Verheiratung. Philipp selbst wurde allmählich auf seinem kaum fünfzehn Jahre älteren Schwiegervater maßlos eifersüchtig. Die Situation komplizierte sich.

Black war in seinen geschäftlichen Positionen im Grunde gar nicht liquid. Er hatte eine Annäherung zu Rudgers in London gesucht und hätte sie vielleicht auch erreicht, wenn nicht im Herbst 1929 der große Kurssturz gekommen wäre. Er konnte sich damals nur halten, indem er in Amsterdam seine Gründeranteile von vier Gesellschaften verpfändete.

Als er sie im März 1930 für eine Kapitalerhöhung dringend benötigte und sein ganzes Paket der Hispano Electricidad als Pfand anbot, hatte Rudgers bei der Kreditorengruppe selbst eine Beteiligung genommen und drängte auf Exekution.

Black rief Philipp nach Frankfurt. Dieser übersah die Lage und schlug als einzige Lösung die Liquidation vor. Black war an jenem Tag mild und müde. Er schien mit allem einverstanden zu sein. Was ihm fehlte, war die Möglichkeit zu warten. Mit ruhiger Arbeit – glaubte er – hätte sich manches zum Besseren wenden können. Schließlich war alles durch die momentane internationale Konstellation bestimmt.

Als Philipp am nächsten Morgen gegen zehn Uhr an der Tür seines Schwiegervaters klopfte – sie hatten bei ihrer Abreise für den Mittag festgesetzt – antwortete niemand.

Philipp sah sich im Speisesaal und in der Halle nach ihm um und, da er ihn nicht fand, erkundigte er sich beim Portier.

Da der Mann nicht wusste, in welcher Beziehung die beiden standen, erklärte er einfach, der Herr sei abgereist. Erst als er erfuhr, dass es sich um Philipps Schwiegervater handelte, gestand er, dass sich der Herr kurz nach Mitternacht in seinem Zimmer erschossen habe. Ein Zimmernachbar hatte den Schuss gehört. Herr Black sei eine Stunde später im Krankenhaus gestorben ohne das Bewusstsein wieder erlangt zu haben.

Es wurde nachher erzählt, Philipp sei so erschüttert gewesen, dass er sich am Schalter festhalten musste. Tränen rannen ihm über das Gesicht.

Frau Black, die von der Polizei aus benachrichtigt worden war, kam schon in derselben Nacht an. Philipp war erstaunt, wie kühl und gefasst sie der neuen Situation gegenüberstand.

Philipp hatte schon am Vormittag mit der Behörde vereinbart, dass die Tatsache des Selbstmordes in den Berichten an die Presse nicht berührt würde und dass Black offiziell an einem Herzschlag gestorben sei.

Usi hatte ein Telegramm erhalten, das von schwerer Erkrankung sprach. Als sie ankam, war ihr Schmerz so unerhört, dass ihre Mutter und Philipp ihr ganz instinktiv zuerst die wirkliche Sachlage verheimlichten.

Philipp wusste, dass Usi ihren Vater für einen großen Menschen gehalten hatte und in ihm etwas wie ein Genie betrauerte. Diese Einstellung war auch zu verstehen, denn Black hatte etwas Außerordentliches und Genialistisches an sich gehabt. Seine Konzeption der Geschäfte war immer interessant gewesen, er hatte ganz gewiss eine produktive Natur. Nur bezog er zu vieles und zu verschiedenes in sein Wirkungsfeld ein. Vom Hoch- und Tiefbau war er zu

Beteiligungen an elektrischen Kraftwerken gekommen, von diesen zu Fabriken, die Zink verarbeiteten. Von Metall kam er zu Minen, aber seine Unternehmungen waren so umfänglich geworden, dass es ihm selbst an einer klaren Übersicht mangelte. Im letzten Grund hatte er doch an die große Auswirkung der Krise von 1929 nicht geglaubt.

Usi fuhr mit Philipp nach Zürich zurück, nachdem ihr Vater an der Ostsee, wo die Familie ein kleines Gut besaß, beigesetzt worden war. Dieses Gut sollte ihre Mutter fortan bewohnen, und Philipp hoffte, aus der Liquidation das für die Bewirtschaftung nötige Kapital herauszubringen.

Philipp hatte nun die Aufgabe, Usi klarzumachen, dass fortan ein anderer Lebensstil nötig sein werde. Usi, die ihrerseits annahm, dass, bei der allgemeinen schlechten Lage, die Regelung der geschäftlichen Positionen ihres Vaters mit großen Verlusten verbunden sein musste, war doch erschrocken, als ihr allmählich die Größe der Katastrophe klar wurde.

Statt aber die neue, peinliche Situation auf das geringe Aktivum zurückzuführen, fing sie an, Philipps Kapazitäten zu bezweifeln. Er hatte, wie sie glaubte, in seiner vorsichtigen Art überhaupt nicht das Ausmaß gehabt, um das Erbe dieses genialen Mannes anzutreten. Er hätte andere an seiner Stelle handeln lassen sollen.

Black hatte gleich nach seiner Heirat Philipp angeboten, in seine Geschäfte einzutreten, doch dieser hatte abgesagt und vorhandene bindende Verpflichtungen vorgeschützt. Usi selbst hatte das erst seiner Starrköpfigkeit zugeschrieben, sie verstand erst später, wie überaus merkwürdig das Verhältnis Philipps zu ihrem Vater war.

Wenn Usi früher aus Deutschland zurückgekommen war, wo sie sich oft mit ihrem Vater traf, der sie, wie in ihrer

Mädchenzeit, durch Telegramme manchmal nach Berlin, Amsterdam, auch nach London oder Paris bestellte, um einen Abend mit ihr zu verbringen – Black liebte seine Tochter, und er liebte es auch, mit ihr von seinen Operationen zu reden –, sooft sie aus der Atmosphäre dieses bezaubernden und vielseitigen Mannes in das nüchterne, kleine Zürich zurückkehrte, um Philipps Einwände gegen ihres Vaters große Transaktionen zu hören, hatte sie den Eindruck gehabt, dass Philipp eifersüchtig sei.

Philipp, sonst eher ruhig und wenig auffallend, hatte in solchen Momenten sehr heftig werden können, weil sich da eine ihm so konträre Art manifestierte.

Vom Todestag an war Philipp dagegen anders geworden. Usi meinte, dass er nun seine Revanche hatte, da der große Schatten verschwunden war, der vorher auf seinem Leben ruhte. Es war nach ihrem Gefühl keine triumphierende, äußerliche Revanche, sondern eine ganz geheime, tiefe Genugtuung, denn Philipp sprach nie mehr ein Wort der Kritik oder des Unmutes aus, als er während Monaten mit zähem Eifer das Wenige zu retten suchte, was zu retten war.

Er gab sich auch Rechenschaft, dass es ganz unnütz gewesen wäre, mit Usi diese dunklen Fragen zu diskutieren, und er nahm gern alles auf sich, um ihr die Illusion über ihres Vaters Genialität zu lassen.

Nur jammerte es ihn, wenn er fühlte, wie sich in Usi ihm gegenüber das Missverständnis immer tiefer einwurzelte. Doch er wusste auch ganz genau, dass die Heilung davon nicht in Worten, sondern nur in Handlungen liegen konnte. Irgendeine Konstellation musste eintreten, die selbst den wirklichen Sachverhalt bewies. Darauf wartete er.

Usis Idee, zu ihrer Mutter an die Ostsee zu fahren, hatte Philipp sehr gut gefunden. Sie, die sowenig Gefühl für

16

Realitäten hatte, würde in Deutschland eher die Stimmung finden, die der heutigen internationalen Lage entsprach. Sie würde sicher bescheidener werden. Sie sollte dazukommen, ein ruhiges Leben, wie es Millionen führten, als etwas Natürliches und nicht als eine Demütigung zu empfinden. Sie würde bei manchen Freunden das Bild schwerer Sorge sehen und nachdenken.

Philipp starrte immer noch auf Usis Schreibtisch und auf ein rotes Löschblatt, das sie von ihrem Schreibblock gerissen hatte. Warum er plötzlich die Idee hatte, dieses Löschblatt, das einmal gefaltet war, gegen den Spiegel zu halten, war ihm nicht klar.

Aber er stand auf, dreht die elektrische Lampe über der Coiffeuse, wo jetzt nur noch eine halbleere Flasche mit Eau de Cologne stand, an und las ziemlich deutlich das Wort »Paris«. Das waren Usis große, fast aufrechtstehende Schriftzüge.

Warum sie im Brief an ihre Mutter, den sie wohl heute Mittag oder Abend geschrieben und abgeschickt hatte, »Paris« erwähnte, war ihm unklar.

Er stand auf, ging in sein eigenes Schlafzimmer hinüber und machte das Fenster auf. Er sah von da aus zwischen Häusern eine Baumgruppe. Wie oft hatte er hier spät in der Nacht gestanden, wenn er an seinem Leben mit Usi wie an einer schweren Demütigung gelitten hatte.

Usi hatte jedenfalls eine unbestreitbare Eigenschaft. Sie war intelligent. Ihre oft unerträglichen Ausfälle waren nicht das Resultat kindischer Verbohrtheit, sondern langer Überlegungen. Es war, als könnte sie oft nicht anders, als ihn bewusst zu quälen.

Sie tat dies mit einem fast kindlichen Raffinement. Wenn er oft auch lange nicht mehr in ihr Schlafzimmer kam, so hatten sie doch das dazwischenliegende Badezimmer zu teilen.

Sie richtete es so ein, sich auch dort nur später am Tag zu zeigen, wenn er logischerweise auf irgendeiner Bank oder an der Börse sein musste.

Er hatte so vieles gekostet, das ihm wie etwas unsäglich Bitteres über die Zunge ging, und das er doch schlucken musste, ohne sich im geringsten widersetzen zu können.

Und trotzdem fehlte sie ihm jetzt. Er hatte das Bewusstsein, dass er sie nie entbehren könnte. Selbst wenn seine Existenz eine große Leidenszeit werden sollte, kam ihm das Dasein ohne sie noch quälender trauriger, ermüdender vor.

Er liebte sie.

Er wollte jetzt schlafen gehen, aber er kehrte noch einmal in Usis Schlafzimmer zurück. Er setzte sich wieder vor ihren kleinen Schreibtisch, öffnete dann ohne Neugier die Schublade.

Da fand er einen Brief, der in viele kleine Stücke zerrissen war. Das Papier war von derselben Farbe wie das Kuvert, das er vorhin gefunden hatte.

Er sann. Dann versuchte er die vielen, winzig kleinen Fetzen zusammenzusetzen.

Zweites Kapitel

Usi hatte ihren Platz in einem Schweizer Wagen, der wohl in Buchs an den Express angehängt worden war. Sie war allein in ihrem Abteil und atmete auf. Ein ungeheures Gefühl von Spannung schien sich von ihr zu lösen. Philipp hatte ihr vor der Abreise noch ein Exemplar der »Vogue« gekauft, und sie hielt die Zeitschrift auf den Knien.

Aber sie hatte ihre Augen geschlossen.

Sie wollte jetzt nur ruhig atmen. Wie eine große Erlösung kam ihr der Zustand vor. Draußen schwebten die Lichter der kleinen Stationen vorbei, Glockensignale ertönten, dann ging die elektrische Lokomotive wieder in gleichmäßigem Surren in die Nacht.

Seit Monaten hatte sie diesen Augenblick vorbereitet, in wachen Stunden davon geträumt. Sie hatte sich kaum gefragt, ob sie etwas Richtiges oder Unrichtiges tue. Sie musste handeln, wie es ihr Instinkt verlangte. Alles war so ungewiss, voller Unklarheit und doch wie eine Flucht ins Wunderbare.

Sie hatte jetzt das Bewusstsein, dass es ihr nicht möglich gewesen wäre, mit Philipp auch nur einen Abend, noch eine Stunde zu verbringen. Seine Atmosphäre, seine Stimme, seine Art, sie anzusehen, nahm ihr den Atem.

Sie überlegte ganz ernsthaft, ob er eigentlich immer so gewesen war. Wie war es überhaupt möglich gewesen, dass sie ihn geheiratet, denn die Ehe bedingte doch mehr, als nur zweimal am Tag am selben Tisch zu sitzen und Gespräche zu führen. Wie hatte sie das über sich bringen können?

Sie sah ihn jetzt in einem Sommeranzug aus grauem Flanell. Dazu trug er Hemden aus Seide, die vom Waschen etwas getönt worden waren.

Das war eigentlich das erste, was ihr an ihm aufgefallen war. Es war kein unangenehmer Eindruck gewesen. Dazu roch er nach Lavendelwasser. Auch das hatte sie gut bestimmt.

Dann war er so verlegen gewesen. Das hatte sie so amüsant gefunden. Dr. P. von der Botschaft hatte ihn vorgestellt. Philipp hatte gleich von der Geschichte mit dem Lift im Haußmannsbuilding gesprochen. Usi hatte sich gar nicht an ihn erinnern können

Damals hatte er noch Humor. Sie waren einen Abend mit Dr. P. später allein ausgegangen. Sie aßen im »Bois«, tanzten nachher. Es waren schöne warme Nächte des Spätsommers, Paris etwas vereinsamt, da das Publikum der guten Restaurants und Nachtlokale noch in den Seebädern war.

»Wie ein Mensch sich verändern kann«, dachte Usi jetzt wieder. Philipp war in der Ehe in wenigen Wochen ein ganz anderer geworden.

Damals, in der ersten Zeit, hatte er etwas Charmantes, Frohes, Begeistertes. Er gab sich jedenfalls Mühe, aus sich herauszukommen. Dabei war er witzig, intelligent, entschlossen. Er wollte sie heiraten, das hatte sie von der ersten Stunde an gefühlt.

Er war so, dass sie schließlich damals keinen Grund sah, sich zu widersetzen.

Usi dachte heute: »Jeder Mensch hat in seinem Leben eine Zeit, wo er über sein normales Maß hinauskommt. Jedes gewöhnlichste junge Mädchen wird zwischen siebzehn und zweiundzwanzig einmal schön, jeder junge Mann hat einmal in denselben Jahren etwas Talent, etwas Merkwürdiges, das aus ihm strahlt, bis er nachher wieder im Alltäglichen verkümmert. Es ist ein Geschenk, eine Lockung der Natur.

Usi hatte nachher den Eindruck gehabt, sie sei düpiert worden. Von wem? Nicht von Philipp. Konnte er etwas dafür?

Sie hatte auch mit ihrem eigenen Vater in der Atmosphäre eines zu außerordentlichen Menschen gelebt. Philipp, so kam es ihr vor, war gerade durch dieses große Maß erdrückt worden.

Sie nahm aus ihrer Handtasche ihren Pass, eine kleine Brieftasche. Darin war ihr Billett Zürich – Basel – Frankfurt – Berlin, wo sie sich mit ihrer Mutter treffen sollte. Dazu kleines Geld und ein Scheck über fünfhundert Mark, den Philipp auf eine Berliner Bank ausgestellt. Dazu noch sechshundertfünfzig Mark in deutschen Noten, die ihr Mama zu Neujahr geschenkt hatte.

Und auf die sechshundertfünfzig Mark kam es jetzt an.

Den Scheck und das nur bis Basel benutzte Billett würde sie morgen von Paris an Philipp zurückschicken, mit ein paar Zeilen, über deren Formulierung sie schon tagelang nachgesonnen hatte, ohne sie zu finden.

Aber mit diesen sechshundertfünfzig Mark, die noch von ihrer Mutter, von ihrer Familie stammten, fing das neue Leben an. Mama würde natürlich alles, was sie jetzt tat, missbilligen, für wahnsinnig erklären.

Wie Philipp sich dazu verhalten würde, das war ihr unklar. Sie kannte ihn trotz ihrer dreijährigen Ehe zu wenig. Sie wusste nicht, wie er in solchen Momenten, wo etwas ganz Unerwartetes auf ihn einschlug, reagierte.

Jedenfalls fühlte sie sich jetzt allein. Tränen traten ihr bei diesem Gedanken in die Augen. Sie sah in die Nacht hinaus, auf die Felder, da war wieder eine kleine Station, die während der Durchfahrt klingelte. Wie klein, traulich das war.

In dieser Atmosphäre hätte sie sorgenlos und ruhig leben können. Sie wäre nicht glücklich gewesen, aber Philipp hätte für alles gesorgt.

Am Morgen würde sie in Paris sein. Wie oft war sie dorthin gefahren, hatte sie ihren Vater in einem Hotel der Champs-Elysées getroffen. Er liebte dieses diskrete Hotel. Vor der Tür war man schon mitten in den Bäumen. Der Direktor war früher in einem Palace der Rue de Rivoli gewesen, und Vater war sozusagen mit ihm umgezogen.

Usi überlegte, wo sie für den ersten Tag absteigen würde.

Der Zug fuhr in den Bahnhof von Basel ein. Usi rief einem Träger und stieg aus. Sie ging den langen Wagen entlang, musste ein neues Billett lösen.

Aber vorerst wollte sie ihre deutschen Scheine wechseln. Als sie am Schalter stand, kam es ihr vor, als ob erst jetzt etwas wie eine Entscheidung fiele.

Sie wollte jetzt zum Zug gehen, aber der Träger erklärte ihr, der Bahnsteig würde erst in einer halben Stunde geöffnet, wenn der Zug nach Hoek von Halland abgefahren sei.

So saß sie nun im Restaurant des Bahnhofs und trank eine Tasse Kaffee, als sie eine Stimme hörte: »Sie verreisen, gnädige Frau?« Es war ein junger Mensch, der Sohn eines Verwaltungsrates einer Züricher Großbank, den sie vom Tennis her kannte.

Usi fuhr auf: »Ja«, sagte sie. Da er sie fragend ansah, fuhr sie ruhiger fort: »Ich fahre für ein paar Wochen nach Norddeutschland.«

»Ich gehe für ein paar Tage nach Paris«, antwortete er, »wie schade, dass wir nicht zusammen reisen können ...«

Usi stand der Atem still. Warum hatte sie auch diese Erklärung abgegeben? Sie hätte ja ebenso gut sagen können, dass sie nach Paris fuhr.

Der junge Mensch zog seine Uhr. »Auf Wiedersehen, gute Reise ...« Sie lächelte nur. Aber wie merkwürdig würde es aussehen, wenn er sie nachher auf dem Perron vor dem Zuge traf. Das musste ihm doch auffallen.

Da kam auch schon der Träger herein: »Die Sperre ist eben aufgegangen.«

»Wie viel Zeit haben wir noch?«

»Zwölf Minuten ...«

»Ich muss noch jemanden erwarten ...«

»Wir müssen gehen«, hob der Träger wieder an, »der Zoll ist noch zu passieren ...«

»Erwarten Sie mich am Zoll ...«

Sie wollte es auf den letzten Augenblick ankommen lassen. Aber schließlich konnte sie nicht wieder zurück. Sie stand auf, fand den Mann. Er wartete geduldig und sah nur, als Usi erschien, zur Wanduhr auf.

»Schlafwagen?«, fragte er, während der Zollbeamte mit Kreide ein Zeichen auf das Gepäck machte.

Usi schüttelte den Kopf: »Stellen Sie das Gepäck in den hintersten Wagen ...«

Der Mann ging voraus. Bei der Passkontrolle kam sie leicht durch. Der Zugführer pfiff eben ab, als sie, auf dem Trittbrett stehend, den Träger bezahlte.

Sie war in einem Wagen zweiter Klasse, der aus Wien kam. Sie trat ins letzte Coupé ein. Da saßen drei Herren. Es roch stark nach Tabak.

Zugleich kam der Kondukteur. »Soll ich Ihnen das Gepäck noch tragen? ... Sie haben doch erste Klasse?«

Usi schüttelte den Kopf. »Ich möchte in diesem Wagen bleiben.«

»Da sind nebenan zwei Damen«, sagte der andere. Er öffnete das Abteil: »Die großen Stücke können Sie auch im Gang lassen«, erklärte er gutmütig.

Im Abteil saßen am Fenster zwei Damen, die Orangen aßen. Sie waren beide sehr gut gekleidet, die eine etwas über vierzig, mager, steif; die andere so um die zwanzig, hübsch, sehr geschminkt, vor allem die Augenbrauen waren bis weit in die Schläfen hineingezogen, was ihr etwas Schlitzäugiges, Orientalisches gab. Die beiden sahen Usi aufmerksam an, sprachen dann zusammen. Es konnte ungarisch, vielleicht auch polnisch sein. Usi fand noch einen Platz neben der Tür. Im ganzen übrigen Abteil war Gepäck verstaut.

Sie saß ergeben in der Ecke. Sie kam sich bescheiden vor. Der Zug rollte schon eine gute Weile, als ihr das junge Mädchen Schokolade anbot. »Sie fahren auch nach Paris?«, fragte sie darauf. Sie sprach jetzt französisch.

Usi nickte.

»Das ist noch die einzige Stadt, wo man leben kann ...«, fuhr die andere fort, »wir waren zwei Tage in Wien ... einfach furchtbar. Und bei uns in Budapest ... was für eine Misere ...«

»Es geht jetzt eben überall schlecht«, bestätigte Usi. Sie machte dazu ein ernstes Gesicht. Mit Philipp hatten ihr die schlechten Zeitläufe eigentlich wenig Sorge eingeflößt. Jetzt aber kam ihr plötzlich vor, als sei sie selbst in einer ganz anderen Weise daran beteiligt.

»Meine Mutter und ich leben den ganzen Sommer in Frankreich«, hob die andere wieder an. Es schien ihr wohlzutun, reden zu können. Ihre Mutter saß ruhig und steif daneben und schien von dieser Konversation nicht die geringste Notiz zu nehmen.

»Ja, es ist schön dort«, gab Usi zu.

»Fahren Sie zum ersten Mal?«

Usi schüttelte den Kopf. »Ich bin oft in Paris gewesen ...« Und doch kam es ihr vor, als sei diese Reise die erste, die sie auf dieser Linie machte. Sie war früher immer mit ihrem Vater oder mit Philipp gefahren, oder mit der Gewissheit, den einen oder den anderen an der Gare de l'Est zu treffen. Aber jetzt war sie da allein, zum ersten Mal unter eigener Verantwortung. Bangigkeit floss ihr wieder in die Nerven.

»Bleiben Sie lange?«, fing die andere wieder an.

»Ich weiß nicht, ich hoffe ...«

»Haben Sie schon ein Hotel?«

»Nein ... ich muss mich erst umsehen«, sie lächelte fast verlegen, »ich suche ein kleines Hotel ...«

Die Mutter streifte jetzt Usi zum ersten Mal mit einem Seitenblick. Sie drehte dabei den Kopf nicht. Nur ihre Pupille schimmerte für eine Sekunde im Augenwinkel.

»Wir steigen immer in einem Hotel der Rue de Ponthieu ab«, erklärte das junge Mädchen. »Es ist klein, und die Zimmer sind dunkel, aber es ist billig. Ich will lieber gute Strümpfe tragen und ein Zimmer auf den Hof haben. Man ist ja sowieso nur wenig zu Hause.«

Usi nickte.

»Wissen Sie, was eigentlich das Netteste in Paris ist?«, fuhr das junge Mädchen fort. »Man hat den Eindruck, unter Menschen zu leben, die Geld haben, und das ist doch, wenn man selbst sparen muss, angenehm. Man profitiert so etwas von der Atmosphäre der anderen. Bei uns zu Hause ist es dagegen zum Wahnsinnigwerden ...«

»Leben Sie in der Stadt?«

»Nein, wir haben ein Gut, aber es bringt nichts. Man weiß wirklich nicht mehr, wo aus und ein.«

»Sind Sie nicht in Zürich eingestiegen?«, fragte sie weiter.

»Ja.« Usi war es, als ob sie verlegen würde.

Die andere schwieg. Darauf: »Ich habe Sie dort mit einem Herrn am Zug gesehen ...«

Usi zog jetzt die Vorhänge am Fenster ganz herunter und lehnte sich in die Ecke.

Das junge Mädchen schient enttäuscht zu sein, dass Usi schlafen wollte. Der Zug hielt an. Die Halle des kleinen Bahnhofs war schwach beleuchtet. Stimmen tönten draußen. Ein Mann ging den Waggon entlang und klopfte mit einem Hammer auf die Räder. Dazu schnaubte die Lokomotive. Dann zog sie langsam wieder an.

Die junge Ungarin drehte das Licht aus.

Usi fühlte sich müde. Sie hatte plötzlich einen Traum. Sie sah sich am Strand und ein Herr kam in Flanellhosen und einem rostbraunen Rock auf sie zu. Er sah ihrem Vater täuschend ähnlich, nur zehn Jahre jünger. Aber war denn Vater alt gewesen? Sie konnte sich ihn nur jung vorstellen, schlank, breitschultrig und mit seinem etwas hartgeschnittenen Gesicht und der vorspringenden Nase. Wie sie ihn einen Monat vor dem Tod zum letzten Mal gesehen hatte. Und dieser Mensch auf dem Strand kam auf sie zu, fasst sie an beiden Schultern, und Usi hatte im selben Augenblick einen solchen Strom von Wohlgefühl in sich, dass sie darüber das Bewusstsein verlor und wie in leichten, grauen Nebeln schwebte.

Sie wachte auf. Die Vision hatte kaum ein paar Sekunden gedauert, aber sie hatte die Nachwirkung davon noch so in den Nerven, dass es ihr wie etwas Beseligendes über die Haut rann. Die beiden Damen saßen nebenan im Halbdunkel. Usi schloss wieder die Augen. Sie sann über das Bild, dàs sie eben gesehen hatte, nach. Vater war fünfundvierzig gewesen, als er starb, aber man hatte ihm kaum mehr als Mitte Dreißig gegeben.

Und konnte es einen Menschen geben, der diesen Charme an sich hatte? Wenn sie Philipp neben ihm sah, kam er ihr hart und nüchtern vor.

Er schlief jetzt wohl. Sie konnte sich eigentlich nicht mehr vorstellen, wie er im Schlafe aussah. Sie würde nie mehr in diese Wohnung kommen, nie mehr in den vierten Stock hinaufsteigen und stundenlang auf den See und nach dem Ütliberg hinübersehen.

Aber was wollte sie ihm schreiben? Vielleicht könnte ihm Mama alles erklären. Doch sie würde sicher seine Partei nehmen. Merkwürdig, wie jene sich mit Philipp von Anfang an gut verstanden hatte. Die Familie hatte sich unwillkürlich geteilt gehabt. Auf der einen Seite standen Mama und Philipp, und auf der anderen Papa und sie selbst.

Usi fühlte im Rücken eine große Müdigkeit, die sie schmerzte. Sie hatte nicht die Gewohnheit, sitzend zu schlafen. Als sie wieder aufwachte, war es halb drei. Der Zug stand wieder still, und ein Mann hatte die Tür des Abteils aufgerissen. Er sah sich im Halbdunkel um.

Nebenan hörte man leise reden.

Da schlug der Mensch die Tür wieder zu.

Als Usi wieder zu sich kam, roch sie im Halbschlaf ein starkes Parfüm. Sie fühlte sich ganz zerschlagen, hatte kaum den Mut, die Augen zu öffnen. Es war hell. Die beiden Ungarinnen wuschen sich die Hände mit Eau de Cologne.

Das junge Mädchen lächelte: »Haben Sie gut geschlafen?«

»Ich bin froh, dass es Morgen ist«, erwiderte Usi. Sie sah sich dabei im Spiegel an und wischte sich das Gesicht mit der Puderquaste ab. Es war ihr, als ob ihr Kleid an ihr klebte, sie hatte nur den Drang ein Bad zu nehmen.

Die andere hob wieder an: »Es ist natürlich schrecklich, ohne Schlafwagen zu reisen; aber sehen Sie, ob wir von

Budapest nach Paris zweiter Klasse fahren oder erster mit Schlafwagen, macht für mich und Mama mindestens fünfzehnhundert Francs Unterschied. Was kann man sich dafür kaufen«, ihre Augen blitzten vor Vergnügen. Es war überhaupt ein merkwürdiger Kontrast zwischen ihrem so geschminkten jungen Gesicht, das einen merkwürdig künstlichen Eindruck machte, und ihren Kinderaugen und den natürlichen Dingen, die sie so ohne alle Pose sagte.

»Da haben Sie Recht«, bestätigte Usi. »Man muss sparen. Ich habe mir dasselbe gedacht ...«

»Wissen Sie nun«, fragte das junge Mädchen, »wo Sie absteigen wollen? Wir kommen nämlich gleich an.«

»Das ist ein großes Problem für mich«, Usi war gedankenvoll, »es soll so wenig wie möglich kosten.«

»Wie amüsant«, die andere klatschte in die Hände. »Kommen Sie mit uns.« Sie wurde plötzlich ernst: »Aber Sie sehen eigentlich nicht so aus, als hätten Sie schon viel gespart ...«

»Allerdings nicht, aber mit heute fängt es bei mir an. Ich suche nämlich eine Beschäftigung ...«

Die andere hielt vor Erstaunen den Mund offen: »Sie suchen Arbeit, wie reizend ...«

»Das ist Ihnen bisher nie passiert?«

Sie schüttelte den Kopf.

»Mir auch nicht«, lachte Usi, »aber wie man auf französisch sagt: Il y a un commencement à tout.«

Die andere sann: »Wie ich Sie in Zürich in den Zug steigen sah, glaubte ich, der Herr, der Sie begleitete, sei Ihr Gemahl ...«

»Hat er Ihnen gefallen?«

»Ich konnte ihn wirklich nur ganz flüchtig sehen, aber ich glaube, er sah ganz gut aus ...«

Usi lächelte: »Das ist eine Frage des Geschmacks.«

Ihre Stimme klang zugleich kühl, so dass die andere nichts dagegen sagte.

Da klirrten auch schon die Weichen, man fuhr durch die Vororte.

Als der Zug stand, dachte Usi nur daran, dem jungen Mann nicht zu begegnen. Die Ungarin gab ihr die Adresse des Hotels in der Rue de Ponthieu und drängte hinaus. Ihre steife Mutter ging an Usi vorbei und nickte nur ein wenig.

Schließlich rief Usi einen Träger heran. Es war fast niemand mehr auf dem Bahnsteig.

Als sie dem Ausgang zuschritten und auf ein Taxi zugingen, fragte der Mann: »Welche Adresse?«

Usi antwortete: »Ich will mich besinnen …«

Sie saß darauf im Wagen und wusste nicht wohin sie fahren sollte. Die Chauffeure schrien hinter ihr. Es regnete leise.

Sie befahl: »Nach den Champs-Elysées.« Der Wagen fuhr mit einem scharfen Ruck an, der sie auf den Sitz zurückschlug.

Sie sah darauf durch die offenen Scheiben. Draußen war großes Gedränge. Aber Paris kam ihr trüb und schmutzig vor. Sie hatte es noch nie so gesehen. Menschen drängten sich, jedermann hatte es eilig. Als der Wagen an der Straßenkreuzung des Boulevard Magenta anhalten musste, sah Usi eine alte Frau auf dem Trottoir. Sie trug einen merkwürdigen schwarzen Hut, das Wasser troff von ihrem verlumpten Kleid, und sie schrie mit einer monotonen, papageienhaften Stimme eine Zeitung aus.

Usi sah zu ihr hinüber und war sich plötzlich klar, dass sie jetzt zu denen gehörte, die vorbeikeuchten, Pakete schleppten, von Regen glänzten, und nicht mehr zu den anderen, die im Wagen fuhren.

Und warum das alles? Sie konnte sich doch nicht von Philipp ernähren lassen, ohne ihm auch etwas dafür zu geben. Und dieses andere war ihr immer weniger möglich geworden.

Wie verworren, unheimlich dies alles war. Wenn Papa sie jetzt sähe ... Wie oft hatte er sie mit Blumen abgeholt und dann waren sie fast wie zwei Verliebte nach dem Hotel gefahren. Wie fröhlich Papa immer gewesen war.

Man hatte Usi nie für seine Tochter gehalten. Wenn sie in einen Laden kamen, hatte man sie immer, als sie erst siebzehn war, Madame genannt, und die Verkäuferinnen hatten immer das Schönste vor ihr ausgebreitet, als handle es sich für diesen schlanken Herrn nicht darum, seine Tochter, nicht einmal seine junge Frau, sondern eine ganz reizende Geliebte zu beschenken.

Wie hatten sie über dies alles gelacht.

Wie sie jetzt daran dachte, an so schöne, warme Frühlingstage, wo sie im »Bois« frühstückten, wo die Kastanienblätter in der Sonne funkelten und die Seen leise blinkten, da wurde ihr so unsäglich weh ums Herz, dass sie wie ein armseliges, hilfloses Wesen im Wagen plötzlich zusammensank und erst wieder zu sich kam, als der alte Mann vor ihr, der von seinem Sitz aus die Tür geöffnet hatte, rief: »Wohin soll ich sie fahren?«

Sie waren schon über die Place de la Concorde hinaus. Der Regen hatte jetzt aufgehört, der Asphalt glänzte wie Glas.

Während der Wagen langsam weiterfuhr und der Mann immer noch den Kopf horchend vorgeneigt hatte, hatte sie plötzlich die unbändige Sehnsucht noch einen Tag zu verbringen, wie sie ihn mit Papa erlebt hatte, nachher wollte sie untertauchen.

Sie nannte den Namen eines Hotels in den oberen Champs-Elysées. Man kannte sie dort nicht. Auch Philipp war nie dort abgestiegen.

Obwohl ihr dieser Entschluss unklug erschien und jedenfalls ihrem Budget nicht zuträglich, atmete sie auf. Ohne dass es einen Sinn hatte, verspürte sie das Gefühl einer gewissen Geborgenheit.

Sie war noch für ein paar Stunden in der alten Form, das andere war noch weggeschoben.

Als sie in der Halle des Hotels stand, wurde ihr völlig wohl.

Ein junger Mensch mit glänzenden, wohlfrisierten Haaren und einer sehr weiten, gestreiften Hose, war in der frühen Morgenstunde der Empfangschef.

Er maß Usi mit einem ruhigen Blick, sah auf ihr gutgeschnittenes Schneiderkleid, ihre zwei Silberfüchse und schlug ihr ein Zimmer mit Bad in der zweiten Etage vor.

»Preis?«, fragte sie.

»Viel zu teuer ...«, lächelte sie darauf.

»Für lange?«

»Für einen Tag ...«

Schließlich bekam sie ein gutes Zimmer in der fünften Etage für den halben Preis. Als sie nachher in der Badewanne lag, war sie auf die Ersparnis stolz. Sie musste sich unwillkürlich eingestehen, dass sie so etwas sicher nicht von Papa, eher von Philipp gelernt hatte.

Aber wie tat ihr nach der langen Nacht, wo sie sogar im Traum alle Glieder geschmerzt hatten, das laue Wasser wohl. Sie zog nachher ein leichtes Nachmittagskleid über, und als sie die Treppe hinunterstieg, war sie ganz heiter. Es machte ihr Spaß zu denken, dass sie sich im Hotel als Melusine Black eingeschrieben hatte, wie in ihrer Mädchenzeit.

Sie kam plötzlich auf die Idee, die junge Ungarin abzuholen

Sie ging durch die Arkaden der Champs-Elysées wo zu dieser Stunde nur ein paar Verkäuferinnen unter den Türen standen. Sie sah sich Kleider und Wäsche an, auch ein rotes Badekostüm, zu dem ein weißes Strandpyjama einen reizenden Kontrast bildete.

Sie schritt auf die Rue de Ponthieu hinaus und gab sich Rechenschaft, dass dies mit dem Strand für diesen Sommer vergessen werden musste, ihre Reserven – wie Philipp sich äußern würde – konnten im günstigsten Fall anderthalb Monate ausreichen, selbst wenn sie Wunder der Sparsamkeit vollbrachte.

Die junge Ungarin ließ sie in ihr Zimmer hinaufkommen, das auf einen dunklen Schacht hinausging. Usi nannte sie »Mademoiselle«, und die andere bat: »Nennen Sie mich doch Marsa.«

Sie lag noch im Bett und gähnte.

Das Zimmer war so klein, dass die Tür nach dem Korridor und die Schranktür nicht zu gleicher Zeit geöffnet werden konnten, was augenscheinlich wurde, als der Kellner eben mit einem Tablett und dem ersten Frühstück ankam.

Darüber gerieten beide in eine große Heiterkeit und Marsa fragte plötzlich: »Wie alt sind Sie eigentlich?«

»Fast zweiundzwanzig.«

»Ich bin achtzehn ... Im nächsten Oktober ...«, setzte sie hinzu.

»Als ich achtzehn war, hatte ich das schönste Jahr meines Lebens hinter mir«, sagte Usi gedankenvoll.

»Dann habe ich mich verheiratet ...«

»Der Herr war also doch ihr Gemahl?«

Usi nickte nur, aber sie sagte nichts weiter ...

»Aber wie kommt's dann, dass Sie Arbeit suchen? Er sah doch nicht so aus, als ob er eine Frau nicht ernähren könnte?«

»Weil ich es so will«, gab Usi zurück.

»Ach so ...«

Es klopfte an der Wand. »Es ist Mama, die klopft«, erklärte Marsa, »ich kann ins Bad«. Sie glitt aus dem Bett, zeigte dabei lange, schlanke Beine, ihre Haut schien etwas getönt, aber sehr zart zu sein. Ihre Hüften schmal aber doch markiert. Usi überlegte: »Diese Kleine wird einmal eine sehr schöne Frau werden ...«

»Ich gehe«, sagte sie.

»Warten Sie auf mich im ›Berri‹, bat Marsa. »Ich komme in zehn Minuten.«

Drittes Kapitel

Philipp hatte bis um zwei Uhr früh sich gemüht, um Usis Brief zu entziffern. Er hatte die hundert Stücke dieser wohl absichtlich bis ins kleinste zerrissenen Fetzen mit Stecknadeln auf den Tisch geheftet, sie wieder und wieder umgestellt, um einen Sinn hineinzubringen. Soviel er sah, war der Brief dreiseitig, aber auf der dritten Seite nicht beendet.

Usi hatte also den Gedanken gehabt, an ihre Mutter zu schreiben, und dann den Brief zerrissen, wobei das Kuvert mit der Adresse in der Briefmappe geblieben war.

Eines stand sehr bald fest: Usi wollte ihre Mutter benachrichtigen, dass sie nicht nach Berlin fuhr. Denn jene erwartete nach Usis Ankunft in Frankfurt Bescheid, wann sie sich in Berlin treffen könnten, ehe sie zusammen an ihr Gut an der Ostsee zurückfuhren.

Daneben stand deutlich das Wort »Paris«. Soweit war Philipp schon nach einer Stunde. Aber dann kamen große Schwierigkeiten, Philipp fühlte sich auch zu aufgeregt.

Während Minuten konnte er kaum mehr sehen. Er wollte sich keiner falschen Hoffnung, aber auch keiner Hypothese hingeben. Er wollte genau wissen, was geschah.

Gegen ein Uhr hatte er die erste Seite beisammen. Sie lautete deutlich, dass Usi nach Paris fahren und sich von Philipp trennen wollte. Die Erklärung dafür kam auf der Rückseite, wodurch Philipp gezwungen wurde, die fertige Seite wieder umzustecken.

Es war ungeheuer schwierig.

Plötzlich kam er auf die Idee, die entzifferte Seite auf ein transparentes Papier zu heften, das er einfach von der Rückseite zu lesen hatte.

Um halb zwei Uhr wusste er, dass Usi seit ihres Vaters Tod von Woche zu Woche immer weniger die Unmöglichkeit gefühlt hatte, mit ihm zusammenzuleben. Dass sie lieber arbeiten, ein neues Leben anfangen wollte.

Wie Philipp das Wort Arbeit entdeckte, hielt er sich den Kopf.

Er musste jedenfalls sofort handeln.

Usi war mit dem Zug gegen elf von Basel abgefahren. Sie kam um halb sieben an der Gare de l'Est an. Wenn er in Dübendorf das Flugzeug sechs Uhr fünfzehn nahm, konnte er neun Uhr fünfundvierzig in Le Bourget landen. Da Usi mit Sicherheit annehmen musste, dass er von ihrem Plan nichts ahnte, würde sie wohl, welcherlei Pläne sie auch haben konnte, am ersten Tag im Hotel der Avenue Matignon absteigen.

Dort würde er drei Stunden später als sie ankommen.

Als er alles geordnet hatte, Briefe geschrieben, wegen Verabredungen, die er am folgenden Tag in Bern haben sollte, seinen kleinen Handkoffer gepackt, um nach fünf Uhr auf den Flugplatz zu fahren, legte er sich zu Bett.

Und in diesem Augenblick gab er sich genau Rechenschaft, dass er etwas sehr Unsinniges tun wollte. Dass er in seinem Leben mit Usi die zweite Unklugheit beging.

Die Art, wie er sie geheiratet hatte, war schon ein Widersinn gewesen.

An der Börse hing der Wert eines Papiers vom Verhältnis von Nachfrage und Angebot ab. War es im Menschlichen anders? Er hatte sich mit seinem Ungestüm a priori entwertet.

Freilich, hätte er sie auch bekommen, wenn er mit der Ruhe und Überlegung vorgegangen wäre, die er einer Finanzoperation entgegenbrachte?

Er war damals in einem großen Rausch gewesen. Um jenes Glückes wegen, das ihm jetzt unerhört, unwahrscheinlich erschien.

Aber jetzt beging er die zweite Torheit. Usi hatte wenig Geld mit sich. Einen Scheck auf Berlin, den ihr wohl der Hotelier, der schon ihren Vater seit Jahren gekannt hatte, ohne Schwierigkeiten bezahlen würde.

Aber dann? Ihre Mutter konnte ihr kaum beistehen. Usi wollte arbeiten ... arbeiten ... Wusste sie, hatte sie auch nur die leiseste Ahnung, was Arbeit ist? Sie würde schreckliche Erfahrungen machen. Aber war es vielleicht nicht gut, wenn sie sie machte? Sie würde so eine Seite des Lebens sehen, die ihr sonst wohl nie zu Bewusstsein gekommen wäre.

Doch konnte sie nicht krank werden? Und würde sie in weiblicher Inkonsequenz nicht ihn für alles Bittere verantwortlich machen? Philipp drehte das Licht aus. Er musste noch zwei Stunden schlafen.

Usis Ungerechtigkeit brachte ihn nicht in Zorn. Er suchte sie zu begreifen ... Er hatte ihr gegenüber nie mit irgendwelcher Vernunft handeln können.

* * *

Im trüben Morgenlicht fuhr er nach Dübendorf. Außer ihm war nur noch ein einziger Passagier da. Philipp war von einer großen Spannung gequält. Er atmete auf, als die Motoren zu hämmern begannen.

Die Sichtbarkeit war an diesem Morgen gering, die Nässe rieselte gegen die Scheiben.

Nach einer halben Stunde ging ein merkwürdiges Beben durch den Apparat. Philipp war es, als ob er in ein Loch fiele. Es begann ihm im Magen zu würgen.

Dann ging es wieder stabiler weiter.

Man war jetzt in geringer Höhe über den Wäldern der Vogesen.

Trotzdem ihm übel war, versank Philipp in einen Halbschlaf.

Von ein paar Stößen in die Rippen wurde er aufgeschreckt. Aber es war das Flugzeug, das rollte, dann still stand. Er riss die Augen auf. Da waren die Schuppen der Air-Union.

Philipp stieg aus, ging zuerst in die Bar. Er fühlte sich recht elend. Er ließ sich ein Ei mit Cognac geben. Dann bestieg er den Autobus der Gesellschaft.

Man wartete noch auf ein Flugzeug aus Brüssel. Endlich fuhr der Autobus von Le Bourget ab. Philipp war von einer unbändigen, schmerzhaften Spannung erfasst. Jede Straßenkreuzung, wo der Verkehr gestoppt wurde, war ihm eine Qual. Die Zeit, um zur Porte de la Vilette zu kommen, eine Ewigkeit. Dann später diese unendlich lange Rue Lafayette mit den Straßenbahnen und Lastwagen und Automobilen, die der Gare du Nord und der Gare de l'Est zustrebten.

Und dann kamen sie schließlich in der Rue Auber an, wo Philipp in ein Taxi sprang. Wie im Flug wollte er nach den Champs-Elysées zu dem kleinen Hotel kommen, wo Black in der letzten Zeit immer mit seiner Tochter abgestiegen war.

Philipp war so sicher, sie dort zu finden, dass er schon, während das Taxi beim Rond-Point drehte und unter die Bäume einbog, den Preis ablas, zwanzig Meter vor dem Hotel halten ließ und sich dann eilig in die Halle begab.

Er hatte einen ganz bestimmten Plan. Er wollte sich nicht sofort anmelden lassen, sondern erst, nachdem er festgestellt hatte, dass Usi ausgegangen war, sie nachher wie durch Zufall in der Halle überraschen.

Der Direktor des Hotels, der ihn kannte, begrüßte ihn freundlich: »Wie geht's?« Und er setzte etwas untertänig hinzu: »Auch Ihre Frau Gemahlin ist bei guter Gesundheit?«

Philipp blieb bei dieser Frage der Atem im Halse stecken. Er wollte fragen: »Ist sie denn nicht hier?« Aber er schrieb mit zitternden Händen seinen Namen auf einen Zettel, ging mit dem Mann hinauf, der ihm Zimmer zur Auswahl zeigte.

Als er sich wieder ein wenig erholt hatte, fragte er: »Sind keine Bekannten aus der Schweiz da?«

»Bedaure ... das Geschäft geht überhaupt nicht sehr gut. Unsere ältesten Kunden lassen uns im Stich in diesen schlechten Zeiten. Es ist jetzt ein Jahr her, dass Herr Black tot ist ...«

Philipp bestätigte: »Ja, mein Schwiegervater hat Ihr Hotel immer bevorzugt.«

Er saß nachher inmitten des Zimmers auf einem Stuhl, der Handkoffer stand neben ihm auf dem Boden.

Er ließ wieder den Direktor heraufkommen und fragte ihn, ob die Möglichkeit vorhanden wäre, festzustellen, in welchem Hotel ein Bekannter von ihm heute früh abgestiegen sein könnte.

Der Direktor schüttelte den Kopf: »Die Hotels geben nur aller Acht Tage eine Liste an die Präfektur ab; nur in einem Kriminalfall werden sie von der Polizei avisiert.«

»Was soll ich anfangen, da ich großen Wert darauf lege, diese bestimmte Person zu treffen?«

»Sie können von Hotel zu Hotel gehen ... Falls der Herr aber in einem Privathaus, zum Beispiel bei Bekannten, abgestiegen ist, besteht keine Verpflichtung, ihn anzumelden.«

Philipp dankte dem Mann. Wie vor drei Jahren war er heute in der Lage, Usi unter ungeheuer schwierigen Umständen zu suchen.

Es ging gegen elf. Er ging aus. Auf jeden Fall musste er mit dem frühen Abendzug in die Schweiz zurückfahren. Und was konnte er bis dahin ausrichten?

* * *

Usi saß unterdessen im Café »Berri«, wo sich vor Tisch zumeist Freunde, Mannequins, junge Damen, die nach Abenteuern suchten, jedenfalls eine Gesellschaft zusammenfand, die sich früher im »Café de la Paix« traf, als sich der Boulevard noch nicht in den Champs-Elysées angesiedelt hatte.

Sie wartete in diesem Gewühl des Frühlingsmorgens auf die junge Ungarin.

Sie saß an einem kleinen Tisch zwischen Orangenbäumen, rings sprühten die disparatesten Idiome, und Usi war daran, einen Plan zu schmieden. Sie wollte jedenfalls in der Frühe des kommenden Tages ausziehen und sich heute schon ein Zimmer suchen. Sie würde tagsüber arbeiten, am Abend Bücher lesen, vor allem würde sie allein sein.

Wie wunderbar!

Philipp würde nicht mehr mit ihr am Tisch sitzen und von den ernsten Dingen der Finanz sprechen. Sie war wieder frei wie in ihrer schönsten Mädchenzeit.

»Hallo«, sagte Marsa und zwängte sich zwischen den Tischen durch.

Usi sah zu ihr auf, Sie war merkwürdig reizend. Eigentlich dunkelblond, je nach Beleuchtung. Dazu hatte sie ganz hellblaue, fast wasserklare Augen.

Vielleicht schienen ihre Augen noch heller, weil ihre Haut nicht ganz weiß war. Usi verglich sich instinktiv mit ihr. Sie selbst hatte den blonden, schwedischen Typus, durch ihre norddeutsche Mutter etwas verändert. Bei Marsa aber kam etwas anderes, Merkwürdiges, Asiatisches hinzu.

»Wo wohnen Sie jetzt eigentlich?«, fragte sie.

»Ich bin für heute im »Astoria«, werde aber morgen Vormittag ausziehen.«

»Wir werden zusammen oft ins Sonnenbad gehen«, schlug Marsa vor.

»Aber meine Liebe, ich muss arbeiten ... Ich werde keine Zeit haben.« Usi hatte plötzlich einen ganz ernsthaften Ausdruck.

»Was wollen Sie denn tun?«

Usi zuckte mit den Achseln. »Ich weiß wirklich noch nicht. Wenn ich sparsam bin, habe ich einen Monat zu leben.«

»Aber Sie müssen sich doch auch kleiden!«

»Kleider habe ich genug, auch Strümpfe. Das muss alles bis zum nächsten Frühjahr halten ...«

Marsa lachte, dass ihre Schultern zuckten und dass sie davor ganz müde wurde: »Wir sind doch erst im Mai ...« Plötzlich wurde sie ernst: »Und wie haben Sie sich das mit der Arbeit gedacht?«

»Das beschäftigt Sie?«

»Ja, ich glaube, wir werden recht gute Freundinnen werden ...«

»Ich hoffe es auch ...«

Marsa, die geradeaus sah, heftete ihren Blick plötzlich auf einen Herrn, der an der vordersten Stuhlreihe vorbeiging und sich offenbar einen Platz suchte.

Sie sagte: »Sehen Sie, ist dies nicht ... Ihr Mann?«

Usi öffnete die Augen langsam und weit. Sie starrte ganz entsetzt auf einen Herrn, der ihr wie ein Gespenst erschien, der nach menschlicher Berechnung jetzt irgendwo in der Schweiz in einem Konferenzzimmer zu sitzen hatte und der nun da einen Stuhl suchte, um jedenfalls nahe am Trottoir zu sein. Da er ihn aber nicht finden konnte, ging er die vorderste Reihe entlang, dann ein paar Schritte den Quergang hinein und setzte sich endlich.

Usi konnte ihn deutlich sehen. Wenn er sich nach rechts umdrehte ... Als ob ihr Gedanke ihm Befehl sei, wandte Philipp auch den Kopf. Usi hatte das Gefühl, als sähe er ihr direkt in die Augen, als müsste er sofort aufstehen und auf sie zukommen. Philipp sah auch sehr aufmerksam herüber. Usi empfand ein solches Herzklopfen, dass sie den Mund weit öffnete, als Philipp den rechten Arm hob und einen Kellner, der in Usis Reihe zur Rechten stand, heranwinkte.

»Ich warte auf Sie in Ihrem Hotel«, flüsterte Usi halb ohnmächtig, während Philipp mit dem Kellner sprach. Als sie schon durch die ganze Reihe hindurch und vor der Eingangstür an der Ecke der Rue de Berri war, sah sie wie in Nebeln ein lächelndes Gesicht vor ihr: »Was für eine Überraschung.« Da stand der junge Züricher mit einem Herrn, den Usi nicht kannte.

Jetzt war ihr, als sei alles unrettbar verloren. Sie fand es selbst unerhört, als sie sich sagen hörte, indes sie zu lächeln versuchte: »Ich bin mit meinem Mann, er sitzt da drüben ... » Sie nickte: »Ich bin gleich zurück.«

Sie ließ die beiden Herren stehen, schien ins Innere des Cafés zu gehen, bog aber mit bebenden Knien in die Rue de Berri ein und verschwand hinter einer Reihe von Automobilen.

Die beiden Herren gingen nun ihrerseits die Terrasse des Cafés entlang, um Philipp zu suchen. Als sie ihn endlich gefunden hatten, sagte der junge Herr wieder: »Welche Überraschung, wir haben eben Ihre Frau Gemahlin gesprochen, die uns sagte, dass Sie hier sind.«

Philipp verzog sein Gesicht, als ob er einen Schlag mitten auf die Stirn bekommen hätte, als der andere fortfuhr: »Kann ich Ihnen Herrn Brisson vom Stahlkonzern vorstellen?«

Philipp lächelte hilflos, schob zwei Stühle vor: »Freut mich ... freut mich ...«

»Es ist so amüsant«, erklärte der andere, indem er sich setzte und zugleich noch einen Stuhl vom Nebentisch heranzog, der offenbar für Usi bestimmt war: »Denken Sie sich, ich traf Ihre Frau gestern Nacht im Bahnhofsrestaurant in Basel. Sie sagte mir, dass sie nach Norddeutschland fahre, und nun finde ich Sie beide heute Mittag in Paris, wie amüsant ...«

»Ja, wirklich amüsant«, stammelte Philipp und wusste nicht, ob er aufstehen und weglaufen sollte. Aber er erklärte: »Ich hatte gestern Abend noch ein dringendes Telegramm bekommen, bin ihr mit dem Wagen nach Basel nachgefahren, und wir haben beide den Mitternachtszug genommen.« Philipp fühlte, wie unwahrscheinlich das klang.

»Das Unerwartete ist immer das Köstlichste im Leben«, gab der andere zu.

Philipp atmete auf, denn die Situation war jetzt doch irgendwie gerettet.

Usi saß jetzt im Gang des kleinen Hotels. Es hatte keine Halle, keinen Salon, es hatte nur den einen ausgeweiteten Gang, wo vor der Tür des Büros ein paar Korbstühle standen.

Nach ein paar Minuten kam Marsa. Sie lachte von weitem: »Was für eine Geschichte ... ich dachte, Sie würden sterben vor Überraschung ...«

»Ich muss in mein Hotel und das Gepäck abholen«, entschied sie sofort.

»Soll ich mitkommen?«

Usi schüttelte den Kopf: »Ich telefoniere Ihnen heute Abend oder Morgen.«

Sie war schon draußen. Sie musste ein paar Schritte gehen, sah straßauf und straßab, rief dann ein Taxi an und ließ den Wagen trotz der Wärme des Mittags schließen.

Wie Philipp hergekommen war, war ihr einfach unverständlich. Jedenfalls aber wusste er jetzt, dass sie selbst hier war.

Im »Astoria« hatte sie in ein paar Minuten ihr Gepäck unten und verließ das Hotel.

Zum Chauffeur sagte sie nur: »Nach der Seine ...«

Er sah sie erstaunt an und fuhr die Avenue Jena hinunter. Die junge Dame kam ihm merkwürdig vor. Aber sie sah doch nicht aus, als ob sie sich in den Fluss stürzen wollte.

Sie kamen nun bald durch die Gärten des Trocadéro, jenseits war das Champ de Mars, aus dem das Gerippe des Eiffelturms aufragte.

Der Chauffeur hielt auf dem Seinequai an. Usi ließ den Wagen wieder aufmachen. Der Mann schüttelte den Kopf, er hatte es offenbar mit einer seltsamen Person zu tun.

Usi hielt es nun für das Beste, ihn um Rat zu fragen: »Kennen Sie ein sauberes, kleines Hotel, nicht teuer, das, wenn möglich, nahe am Fluss liegt?«

Der Mann überlegte: »Es gibt wohl eines am Cours la Reine, das dürfte aber teuer sein ... Aber wenn wir auf die andere Seite gingen?«, schlug er vor.

Usi sah eben einen Zug des Metro über den Pont de Passy fahren, von jenseits kam ein langgezogener Pfiff einer Lokomotive vom Bahnhof des Champs de Mars: »Fahren wir hinüber ...!«

Der Chauffeur fuhr den steilen Seitenweg bis zur Höhe der Brücke hinauf und darüber weg, während wieder ein Zug des Metropolitain, von Passy herkommend, über ihren Köpfen donnerte. Auf der anderen Seite, am Eingang des Boulevard de Grenelle, war zur Linken ein kleines Café mit einem Tabakverkauf. Daneben hielt der Wagen an. Usi stieg aus. Da war die Eingangstür zu einem Hotel. Aber sie sah vorerst, wie in der Rue den Ponthieu, nur einen langen, schmalen Gang.

»Gehen Sie da mal hinein, vielleicht finden Sie etwas ...«, ermunterte der Alte.

Usi ging diesen Gang entlang. Da war hinten links eine Treppe, dann weiter das Büro des Hotels. Darin saß eine dicke, ältere Frau und nähte.

Usi trat ein und fragte, ob ein Zimmer monatlich zu vermieten wäre. Die Frau sah sie über die Brille an, drückte auf einen Knopf und sagte nichts.

Usi wartete.

Dann kam ein junger Bursche in einer weißen Schürze die Treppe herunter. Usi ging hinter ihm her.

»Für wie lange?«

»Mindestens für einen Monat, vielleicht für den Sommer, wenn es mir gefällt ...«

Sie stiegen bis in den vierten Stock hinauf. Der Garçon öffnete eine Tür. Das Zimmer ging auf die Baumkronen des Boulevards, und dazwischen sah man die Gleise der Metro.

»Wie viel?«

»Zweihundertfünfzig im Monat ... Ein Ingenieur hat zuletzt hier gewohnt ...«

Nebenan war ein Zimmer mit derselben Tapete und zwei Fenstern. Von hier aus sah man auf den Quai und schräg über den Fluss auf die Neubauten am Quai de Passy. Es war kein laufendes Wasser da, aber elektrisches Licht, sogar eine kleine Lampe mit einem Steckkontakt. Usi überlegte, dass sie einen elektrischen Kocher verwenden könnte. Ein Wasserhahn war im Korridor und ein Badezimmer – erklärte der Bursche – in der ersten Etage.

Usi sann. Im Sommer müsste es hier sehr heiß sein, doch sie konnte bei offenem Fenster schlafen. Dann war eine Metrostation gegenüber. Was den Ausschlag gab, war die Aussicht, der Fluss, das Grüne, es war Luft da.

Sie ging hinunter, zahlte und ließ sich das Gepäck hinauftragen.

Nach einer Stunde hatte sie sich eingerichtet, ihre Kleider in einen Wandschrank geordnet ... Sie kam sich nun vor, als sei sie in einem alten Hause auf dem Lande. Da stand über dem Kamin ein Spiegel mit vergoldetem Rahmen, der eigentlich zu schmal war und sich aus irgendeinem anderen Zimmer hierher verirrt hatte.

Da war neben dem Fenster ein kleiner Tisch, worauf Usi ihre Briefmappe hätte legen können, aber sie erinnerte sich jetzt, dass sie sie in Zürich vergessen hatte. Ihre Lederhandkoffer hatte sie übereinandergeschichtet, ein Seidentuch darüber gelegt und das Grammophon darauf gestellt.

Auf den Kamin musste noch eine Vase mit Blumen und hinter das Bett, das eigentlich ein breiter, mit einem merkwürdigen, dunkelgrünen Stoff überdeckter Diwan war, heftete sie das Bild ihres Vaters an die Wand.

Ein schlanker, glattrasierter Herr, mit scharfer Nase, der seinen Kopf etwas nach rechts gedreht hatte, dass man seinen Blick nicht sah. Die beiden Hände hatte er in die Hosentaschen gesteckt. Die ganze Haltung hatte etwas Bewusstes und zugleich Verwegenes an sich.

Und dieser Mensch, der so voll Leben und zu ihr immer so unendlich gut gewesen war ... warum hatte er nicht mehr sein können? Während sie ihn anstarrte, erschütterte es sie in allen Fibern ihres Körpers.

Viertes Kapitel

Philipp war in großer Verlegenheit, denn die beiden hatten offenbar die Absicht, seine Frau abzuwarten. Sicher war, dass Usi dennoch in den Champs-Elysées wohnte.

»Ihre Frau Gemahlin kennt Paris sehr gut?«, hob der junge Schweizer wieder an.

»Gewiss«, bestätigte Philipp, »wir haben uns sogar hier kennengelernt ...«

»Das kann ich verstehen«, warf der andere ein, »dass man in Paris in der Stimmung sein kann, sich zu verloben. Es sieht alles so leicht aus. Wenn man nachher wieder nach Hause kommt ...« Er brach ab.

»Hier ist eben mehr Sonne ...« Philipp sah aufmerksam nach der Drehtür. Er tat, als ob er Usi jetzt ganz natürlich erwartete. Nie in seinem Leben hatte er sich in einer so grotesken Situation befunden. Es wäre ihm jetzt wie eine unerhörte Gnade erschienen, wenn sie plötzlich durch den Zwischengang an den Tisch getreten wäre. Etwas, das er noch gestern als das Natürlichste betrachtet hätte, erschien ihm jetzt als der unerfüllbarste aller Wünsche.

Er war ratlos. Ein dumpfer Schmerz wühlte ihm in den Schläfen. Es hatte keinen Sinn, noch länger zu warten. Die Situation wurde immer unausstehlicher.

Er rief den Kellner und zahlte. Es war ihm, als müsste es den anderen merkwürdig erscheinen, dass weder ein Glas noch eine Tasse auf dem kleinen, runden Tisch stand, was Usis Gegenwart bezeugte. Doch den anderen schien nichts aufzufallen.

Er stand auf und sagte: »Vielleicht ist sie am Telefon ... Ich will mal nachsehen.«

Er setzte seinen grauen Hut auf und ging hinein. Und merkwürdig, er fragte jetzt nach der Telefonzelle, ging ins Souterrain hinunter, verirrte sich zuerst in die Bar.

Dann fand er in einem Nebenraum zwei Damen, die Verbindungen verlangten. Die Telefonistin, die nervös auf einen kleinen Nickelhebel drückte, sagte: »Heute früh geht es wieder einmal gar nicht, dabei hat »Carnot« doch Selbstanschluss ...«

Philipp stand eine Weile geistesabwesend da und blätterte im Telefonbuch, als suche er eine Nummer. Er las: Aliaume, Alibert, Alié, Alied, Allien ... Allien Miß, Avenue Président-Wilson 15 (16). Was sollte er damit anfangen?

Er klappte das Buch zu, ging wieder die Treppe hinauf und durch den Seitenausgang nach der Rue de Berri. Es gab nur eines, die Hotels der Avenue abzusuchen. Es waren derer nicht so viele. Er entschloss sich, bei denen am Rond-Point anzufangen und ging die Avenue hinunter.

Erst eine halbe Stunde später war er immer atemloser und nervöser, nachdem er ein Dutzend Portiers befragt, wieder oben am Etoile angekommen und trat von der Rue Vernet in die Halle des Hotels »Astoria«

Er fragte nach seinem eigenen Namen, denn er war des Glaubens, dass Usi aus Gründen der Polizeikontrolle sich nicht unter einem anderen einschreiben konnte.

»Wann soll die Dame gekommen sein?«

»Heute früh aus der Schweiz.«

Es war ein älterer Mann an der Rezeption: »Ich habe eben erst meinen Dienst angetreten«, erklärte er und nahm ein paar Zettel, die durch eine Klammer zusammengehalten waren. »Woher, sagen Sie?«

»Aus Zürich.«

Der andere las: »Miss May, Madame Bernadotte, Melusine Black ...«

»Das ist sie ...«, sagte Philipp kurz, knapp. Er fühlte, wie sein Unterkiefer zitterte.

»Fünfhunderteinunddreißig«, erklärte der Mann. Er nahm den Hörer, verlangte die Nummer. »Man antwortet nicht«, erklärte er nach einer Weile, »die Dame scheint ausgegangen zu sein.«

»Ich danke, ich will auf sie warten.«

Philipp sah seitlich einen Fauteuil, von dem aus er die Eingangstür übersehen konnte. Er setzte sich hinein, entschlossen, bis Mitternacht da zu sitzen. Er ließ sich Zeitungen kommen, war aber zu aufgeregt, um zu lesen. Gegen ein Uhr fragte er sich, ob er nicht im Speisesaal essen wollte. Aber er konnte es nicht riskieren, vielleicht in der entscheidenden Sekunde nicht da zu sein. Er überlegte hundertmal, was er ihr sagen wollte. Schließlich musste sie alles in seinem Gesicht sehen. Aber wie selig er war, dass er nun ihre Spur hatte! Er wurde ganz demütig. Er wollte alles auf sich nehmen. Er wollte ihr ein großes, wunderbares Leben schaffen. Er fühlte sich wieder beschwingt, wie von einem Sturm ergriffen.

Philipp ging wieder zum Schalter. Es war niemand da. Er wandte sich an den Portier.

»Fünfhunderteinunddreißig?«, sagte dieser. »Ist vor zwölf verreist ...«

»Wirklich?« Philipp starrte ihn mit großen, leeren Augen an.

»Ja, ich war da ...«

»Sie haben keine Adresse?«

»Nein ...« Der andere lächelte untertänig und wandte sich mit demselben Lächeln an einen dicken Herrn, der, eine lange

Zigarre in seinem kupferroten Gesicht aus dem Speisesaal gekommen war.

* * *

Usi ging, weil der Lift abgestellt war, die fünf Treppen hinauf. Es war eines der großen Häuer der Avenue Suffren, jenseits vom Bahnhof des Champs de Mars.

Als sie oben war, hatte sie Herzklopfen. Vielleicht auch, weil sie rasch gestiegen war.

Als sie einmal geläutet hatte, öffnete sich die Tür. Usi sagte ihren Namen.

Das Dienstmädchen ging voraus und machte die Tür zu einem Salon auf. Usi ging hinein und gegen eines der großen Fenster.

Als sie an diesem Fenster stand, das auf einen Balkon ging, versank sie in Erstaunen. Sie sah über Baumkronen, als ob das ganze Marsfeld grün wäre. Und zur Linken sah sie gegen den Fluss wieder einen Wald von Bäumen über dem der Bau des Trocadéro wie eine Burg stand. Usi hatte sich nie vorstellen können, dass sie mitten in der Stadt Paris einen solchen Ausblick haben könnte, als sitze sie nicht zu Füßen des Eiffelturms, sondern in einem der Häuser an der Muette, deren Fenster auf den Bois de Boulogne gehen.

Sie hatte sich in einen Fauteuil gesetzt und starrte hinaus, als sie eine Tür gehen hörte.

Eine kleine, alte Dame kam heran, sie trug ein schwarzes Kleid, hatte die grauen Haare zu einem Knoten straff nach hinten gezogen. Sie musterte Usi mit einem prüfenden Blick. »Sie bewundern die Aussicht?«, lächelte sie darauf. »Ja, nun ...«, hob sie wieder an und hatte sich Usi gegenübergesetzt.

»Sie sagten mir am Telefon, Sie seien eine von ihrem Gatten getrennt lebende Frau ...«

Usi nickte.

»Sind Sie schon lange in Paris?«

»Seit zwei Tagen ...«

»Sie sprechen aber ganz gut, vielleicht mit einem leicht fremden Akzent, aber ich wüsste eigentlich nicht, woher Sie kommen ... Immerhin lässt Ihr Akzent eher auf ein nordisches Land schließen.«

»Ich stamme aus Norddeutschland, aus einer schwedischen Emigrantenfamilie, hatte aber schon als kleines Kind eine französische Gouvernante.«

»Ihre Familie ist wohlhabend gewesen?«

Usi nickte. Die andere sann. »Mit meinem Mann ist es eine besondere Geschichte. Ich spreche ganz offen mit Ihnen, damit Sie sich über die Situation sofort klar sind ...«

Usi war aufmerksam. Jene suchte offenbar für etwas Schwieriges eine Form: »Sie wissen, dass er sehr berühmt ist?« Sie wartete nicht erst Usis Antwort ab und fuhr fort: »Er hat jahrelang in Afrika gelebt, er hat zum ersten Mal, schon vor dreißig Jahren, die Gebiete am del Oro erforscht, daher rührt sein Fieber, auch seine Zerfahrenheit ...«

»Wie meinen Sie das?«

»Er weiß manchmal kaum mehr, was er redet und was er tut ...«

Usi sah die alte Dame besorgt an. Jene schien jetzt plötzlich einen großen Kummer in ihren Zügen zu haben. Ihre Haut war wie zerknittert, ihr Ausdruck hilflos: »Oh, er ist nicht gefährlich ...«, lenkte sie ein. »Er geht jetzt übrigens ins neunundsechzigste ... Ich will Ihnen ein Bild zeigen.«

Sie ging zu einem Flügel, der vor dem anderen Fenster stand, und holte eine Fotografie. Usi hielt sie in der Hand. Sie

51

zeigte einen bejahrten Herrn mit einem mageren Gesicht, kurzgeschnittenem Schnurrbart und harten Falten. Usi hätte sich vielleicht einen alten britischen Oberst so vorgestellt.

»Er sieht gut aus«, sagte sie.

»Finden Sie?«, atmete die andere auf. »Es interessiert mich, dass er Ihnen sympathisch ist. Sie müssen nur von Anfang an sich richtig auf ihn einstellen.«

»Allerdings«, bestätigte Usi und wusste eigentlich nicht, was sie damit sagen wollte. »Aber was habe ich denn zu tun? Sie verlangten in Ihrer Annonce eine Sekretärin, die mehrere Sprachen spricht.«

Die andere machte eine müde Handbewegung: »Mann muss doch irgendetwas in der Zeitung sagen. In Wirklichkeit kommt es ganz darauf an, was Sie auf ihn für einen Eindruck machen. Es hat Fälle gegeben, wo er von Anfang an ganz unmöglich war. Das hat dann nur ein paar Tage gedauert ...«

»Wieso?«

»Sie sind dann eben nicht mehr gekommen. Aber bei Ihnen ist das anders. Sie sehen aus wie eine junge Dame der Gesellschaft, das interessiert ihn, das wird ihn in Schranken halten ...« Sie brach ab.

»Was mich interessiert«, sagte Usi, »ist zu wissen, was ich zu tun habe ...«

»Nun, mein Mann isst abends immer erst um zehn Uhr. Das ist eine alte Gewohnheit von ihm. Sie haben jeden Abend gegen sechs Uhr vorbeizukommen, ihm Zeitungen vorzulesen, ihn vor allem während der Zeit, wo sein Diener bei Tisch ist – ich esse selbst um acht – zu unterhalten. Sie sind um zehn Uhr frei. Manchmal gehen wir für eine Stunde in die Oper. Wenn Sie uns zu begleiten haben, bekommen Sie für den Abend ein Supplement von zwanzig Francs ... für die

Zeit bis zehn täglich fünfzig Frans. Sie erhalten den Betrag jeden Abend in einem Kuvert ...«

»Wann soll ich anfangen?«

»Sie können heute Abend kommen ...«

* * *

Nachher stand Usi im Büro des Hotels am Telefon. Sie hatte das kleine Hotel der Rue de Ponthieu verlangt und wartete nun, dass Marsa an den Apparat käme.

Diese ließ sagen, Usi möchte herüberkommen.

Usi stieg bei der Station Grenelle die Treppe zur Metro hinan. Als sie oben auf dem Perron wartete, stand ein Herr neben ihr. Er sah zuweilen zu ihr her. Sie hatte den Eindruck, dass er sie beobachtete.

Sie war beunruhigt. Vielleicht war es auch nur, dass sie ihm gefiel. Der Zug brauste heran. Er stieg hinter ihr ein. Es ging auf halb zwölf. Der Waggon war ziemlich leer.

Der Mann stand bei der Tür. Sie hatte sich in eine Ecke gesetzt. Er war vielleicht nur aufdringlich. Einer der vielen, die durch Zufall auf ein Abenteuer hoffen. Sie starrte durchs Fenster. Die Stationen flitzten heran.

Beim Etoile stieg er aus und kam hinter ihr her.

Es war das erste Mal, dass sie, seit ihrer Flucht vor Philipp wieder in die Champs-Elysées gekommen war.

Philipp war jedenfalls abgereist. Die Idee, dass er plötzlich vor ihr stehen könnte, nahm ihr doch den Atem.

Marsa erwartete sie im Gang. Sie schloss Usi in ihre Arme. »Stellen Sie sich vor, ich habe ihn vorgestern am Spätnachmittag noch einmal gesehen. Ich bin ihm zufällig in der Avenue Matignon begegnet. Er ging vor Lucien Lelong auf und ab ...«

Sie gingen hinaus. Der Mensch stand noch immer auf dem Trottoir gegenüber.

Usi sagte: »Der da folgt mir schon seit Grenelle ...«

Marsa sah zu ihm hinüber: »Das ist ein Idiot ...«

Die beiden schritten langsam die Straße hinauf.

»Aber was sagen Sie zu der Geschichte mit Ihrem Mann?«

»Ich finde das alles recht traurig«, sagte Usi ernst.

»Warum flüchten Sie sich denn vor ihm? Haben Sie Angst?«

»Angst? ... Nein, aber ich habe das Gefühl, dass ich neben ihm zugrunde gegangen wäre ...«

»Wieso?«

»Weil ich nicht mehr mit ihm leben kann ...«

Marsa schwieg. Die Beziehungen zwischen Usi und ihrem Gemahl schienen kompliziert zu sein.

Sie bogen jetzt eben in die Avenue des Champs-Elysées ein. »Und was tun wir jetzt?«, fragte Usi.

»Ein Bekannter hat Mama und mich auf ein Uhr zum Essen eingeladen. Kommen Sie doch einfach mit ...«

»Geht das?«

»Aber ja ... er wird Ihnen sicher gefallen ... Er wartet um halb eins bei Fouquets auf uns. Mama wird gegen ein Uhr kommen.«

»Ist er ein Flirt von Ihnen«, fragte Usi gelassen.

Marsa schüttelte den Kopf: »Eigentlich nicht. Dafür ist er mir zu merkwürdig ... manchmal zu mysteriös. Ich habe das Gefühl, dass wir, die wir aus dem Osten kommen, uns an klare Menschen halten müssen, weil wir selber etwas abenteuerlich sind; finden Sie nicht?«

Usi lachte hell auf: »Sie wollen sich für abenteuerlich halten? Sie haben den Größenwahn!«

Marsa sann: »Ernsthaft ... sagen Sie mir ...« Sie brach ab.

Usi lächelte: »Sie möchten gern wissen, was Sie für einen Eindruck machen?«

»Ja«, strahlte die andere.

»Sie machen den Eindruck eines reizenden jungen Mädchens, das gern furchtbar raffiniert aussehen möchte. Oder nicht?«

»Ausgezeichnet beobachtet ...«, gab die andere zu; »darum streiche ich mir so viel Rouge auf und liebe herbe Parfüms von Querlin. Es ist ja natürlich ganz kindisch, aber es macht mir Spaß. Zudem macht es mich ein bisschen älter, und das liebe ich vor allem ...«

Es war jetzt zwölf. Aus den Geschäften schoss rings ein Strom von Menschen, die in einem tollen Rennen nach den Treppen der Untergrundbahn stürzten. Usi war von diesem Sturm ganz benommen.

»Wissen Sie schon, dass ich eine Beschäftigung habe?«

Marsa war begeistert. Sie fand das mit dem alten Herrn allerdings merkwürdig. Man musste zusehen. Sie selbst hatte einmal in der schlimmsten Inflationszeit eine solche Sache mit einem Onkel in Budapest versucht, der sie dann gleich küssen wollte.

Usi wurde nachdenklich und pessimistisch, aber sie sagte: »Wenn ich etwas Seriöses für den Morgen fände, könnte ich durchkommen ...«

»Wenn Ihnen das gelingen sollte«, sagte Marsa nachdenklich, »möchte ich für den Herbst dasselbe versuchen. Es bricht mir immer das Herz, wenn ich im Winter auf unser Gut zurück muss. Sie können sich nicht vorstellen ...«

Sie hatten noch eine Viertelstunde Zeit und setzten sich am Etoile beim Eingang der Avenue du Bois auf eine Bank.

»Und was ist denn der Herr, den wir sehen werden?«

»Wenn ich das wüsste«, Marsa hob ihre Schultern. »Wir haben ihn vor zwei Jahren hier kennengelernt. Bei einem Empfang eines südamerikanischen Ministers. Er fiel mir auf, weil er einen großen Mercedeswagen hatte. Wir gingen ein- oder zweimal mit ihm aus. Seither haben wir ihn nicht mehr gesehen.«

»Was tut er denn?«

»Ich glaube, er vertritt irgendeine amerikanische Gesellschaft. Oder auch eine englische. Vielleicht macht er Geschäfte mit Russland. Er könnte ein Balte sein; sieht übrigens aus wie ein Nordländer, ist aber nicht so stur wie jene, die eigentlich nur amüsant werden, wenn sie ein wenig betrunken sind ...« Marsa brach ab.

»Ich liebe Menschen, die etwas Geheimnisvolles an sich haben. Das gibt ihnen zugleich etwas Unbegrenztes. Ich glaube, ich habe das von meinem Vater ...«

»Das ist aber auch das Beunruhigende ...«

»Das finde ich faszinierend ...«

»Weil Sie noch nie mit solchen Menschen gelebt haben. Wenn sie in der Mehrzahl auftreten, sind sie entsetzlich.«

Usi sah Marsa in die Augen: »Sie würden sich ausgezeichnet mit meinem Mann verstehen ...«

»Woher ist er?«

»Er stammt aus Morges am Genfer See. Er hat als Kind seine Eltern verloren, ist im Engadin erzogen worden und hat nachher in Zürich studiert ...«

Marsa sann: »Er sieht eigentlich gut aus ...«

Usi hob wieder die Schultern: »Ich sage ja, er gefällt Ihnen ...«

Ein junger Mensch hatte sich den beiden gegenübergesetzt. Er sah sie aufmerksam an, nicht mit einem irgendwie drängenden Blick, sondern als betrachte er einfach etwas Hübsches, das angenehm zu sehen war.

Die beiden sahen im Mittagslicht auch charmant aus. Usi blond und blauäugig, eigentlich frischer, trotzdem sie zwei Jahre älter war. Marsa mit mehr getöntem Teint, kapriziöser, jedenfalls in Paris fremdländischer.

»Gehen wir nach dem Fouquet«, schlug Marsa vor und stand auf.

Die Avenue des Champs-Elysées war jetzt stiller. Die Menge hatte sich verlaufen. Ein dickes Paar, das amerikanisch sprach, ging neben ihnen her, andere kamen ihnen entgegen, die rings an den Häusern emporsahen, als schritten sie diese Avenue zum ersten Mal entlang.

Bei Fouquet setzten sie sich an einen der kleinen Tische im Freien. Fast zur gleichen Zeit stand ein hochgewachsener breitschultriger Herr auf und kam auf sie zu.

Marsa murmelte etwas, dass sie eine gute Freundin mitgebracht hätte. Den Namen des Herrn verstand Usi kaum, wie es auch Marsa wohl nicht klar gewesen war, unter welchem Namen sie Usi vorstellen sollte.

Er führte die beiden an seinen Tisch.

Usi beobachtete ihn. Er trug einen Anzug aus braunem Flanell und gestreifte, seidene Wäsche. Er war blond, sicher schon vierzig, sehr gebräunt, die Haut um seine Augen leicht gerippt und die Hände kräftig entwickelt. Mochte es vom Sport sein oder hatte die Arbeit sie so geformt.

Usi hatte ihn sofort wie ein Bild übersehen. Sein Gesicht war im Grunde hart und schmal. Sobald er aber zu reden anfing, änderte sich der ganze Ausdruck: »Wie reizend«, sagte er und streifte Usi mit einem Blick, »wo wollen wir essen gehen? Ich würde bei diesem schönen Wetter das ›Armenonville‹ vorschlagen. Was meinen Sie dazu?«

»Gehen wir Mama abholen«, schlug Marsa vor, »denn allein findet sie den Weg nie hierher ...«

Sie standen auf, suchten zwischen Tischen einen Weg auf das Trottoir, als Usi plötzlich den Eindruck hatte, dass ihr jemand folgte. Sie wäre jetzt gern rasch gegangen, aber sie kam der anderen wegen nicht vorwärts.

»Wie nett, dass wir uns noch einmal sehen«, tönte eine Stimme. Es war der junge Züricher, der wie ein Schicksal an ihre Fersen geheftet zu sein schien. Er lachte mit dem ganzen Gesicht: »Ist der Herr Gemahl noch da? Es wäre reizend, wenn man einen Abend zusammen verbringen könnte ...«

Usi schluckte nach Atem, sah dem jungen Menschen ganz entsetzt ins Gesicht und erklärte: »Nein, er ist schon gestern abgereist ...«

»Schade ... es wäre so nett gewesen ...«, fuhr der andere fort, als Usi ihm krampfhaft zulächelte und weiterging.

Dass der Balte so nahe geblieben war, um jedes Wort zu verstehen, ärgerte sie. Er war entweder sehr neugierig oder indiskret. Vielleicht war es auch reine Höflichkeit.

»Sie sind verheiratet?«, fragte er nun im Weitergehen.

»Ja ...«, gab Usi zu. Sie überquerten jetzt die Avenue. Im Hotel der Rue de Ponthieu war Frau von Bregy noch nicht bereit.

Sie setzten sich in den Gang.

»Ich habe Ihren Namen nicht verstanden«, sagte Usi unvermittelt.

»Fersen«, antwortete er und sah ihr lächelnd ins Gesicht. Er sah jetzt aus wie jemand, der weiß, dass er sehr charmant wirken kann, wenn er sich die Mühe dazu geben will.

»Es gibt eine schwedische Familie dieses Namens«, sagte Usi, »ist das Ihre Familie oder sind es Verwandte von Ihnen?«

»Ich bin auf einem Gut in der Nähe von Dorpat geboren«, entgegnete er ruhig, »wir mögen vielleicht irgendwie mit der schwedischen Familie verwandt sein ...«

In diesem Augenblick kamen Marsa und ihre Mutter die Treppe herunter.

»Wie liebenswürdig, lieber Freund«, begann Frau von Bregy eine schöne Phrase, während ihr Fersen die Hand küsste. Sie sprach französisch, langsam, aber korrekt, wobei sie das R rollte. Dabei wurde ihr sonst kühles Gesicht etwas belebt.

Als sie vor das Hotel traten, sah sich Frau von Bregy um.

»Mein Wagen ist augenblicklich in der Reparatur«, entschuldigte sich Fersen.

Er rief nach einem Taxi.

Während sie nach Armenonville fuhren, saß er den drei Damen gegenüber auf einem Klappsitz. Usi fand, dass er aus der unbequemen Lage die besten Möglichkeiten zog. Er war weder steif noch ließ er sich gehen. Jedenfalls hatte er eine natürliche, elastische Art, sich zu bewegen.

Dennoch gefiel er ihr eigentlich nicht. Er war trotz all seiner Gesten zu bewusst.

Im Armenonville waren dem Pavillon gegenüber Tische gedeckt und sie setzten sich an den Teich. Fersen grüßte einen Mann mit einem wulstigen Nacken, der mit einem schönen jungen Mädchen dasaß.

»Sie ist ein Mannequin von Patou«, erklärte er.

Man hatte große Mühe, ein Menü zusammenzustellen, denn Marsa wollte nichts essen, das ihrer schlanken Körperlinie nicht zuträglich wäre.

Der Mittag war warm. Der Teich war im Widerschein des Laubes ganz grün, und in der Mitte blinkte wie ein weißer Fleck der Himmel. Prunkvolle Automobile fuhren vor.

Alte Herren stiegen mit schönen jungen Damen aus. Usi war es weh ums Herz. Wie oft hatte sie an dieser selben Stelle mit ihrem Vater gesessen. Zum ersten Mal, als sie vierzehn Jahre alt war, als sie nach Neuilly ins Pensionat kam.

»Sie sind nachdenklich«, unterbrach sie Fersen.

»Ich denke daran, dass ich einmal als Kind hier war.«

Er lachte: »Ich habe ganz andere Erinnerungen an meine Knabenzeit. Ich verbrachte die Sommermonate auf dem Gut meiner Großeltern. Es war ein verlottertes Schloss, von dem wir nur die erste Etage bewohnten. Die zweite war aus Sparsamkeit geschlossen, und im Erdgeschoss liefen die Schweine herum. Es war für mich als Junge eine nachmittägliche Beschäftigung, mit einem Knüppel die Schweine von der Freitreppe herunterzujagen ...«

Alle lachten.

»Sie erzählen ausgezeichnet«, lächelte Frau von Bregy.

»Als ich zwanzig war, fuhr ich zum Getreidejuden und ließ mir hinter dem Rücken meines Großvaters Vorschuss auf die Ernte geben. Sehen Sie, jedes Alter hat seine Späße ...«

»Und was amüsiert Sie heute?«, fragte Usi unvermittelt.

Er stutzte, sah sie an: »Das ist schwer zu sagen. Zu jener Zeit waren meine Genüsse eindeutiger ...«

Das Essen verlief ganz gut. Nur beim Kaffee störte es Usi, dass Fersen eine große Havanna aus der Tasche zog. Ein Mann, der eine Zigarre rauchte, kam ihr altmodisch vor.

Frau von Bergy und Marsa wollten nachher zu einer kleinen Schneiderin nach Neuilly gehen, so blieb Usi mit Fersen zurück. Sie gingen zuerst ein paar Schritte in der Richtung der Porte Dauphine. Dann schlug Fersen vor, die Monet-Ausstellung in den Tuilerien zu besichtigen.

Während sie hinfuhren, fragte er. »Gedenken Sie lange in Paris zu bleiben?«

»Ja.«

»Aber Sie sind doch verheiratet?«

Usi nickte. Schweigen. Darauf erklärte sie: »Ich will hier arbeiten ...«

Er zog die Augenbrauen in die Höhe: »Haben Sie denn eine Idee, was Arbeit ist?«

»Sehe ich nicht so aus?«

Er schüttelte den Kopf: »Das muss man gelernt haben. Die Frauen, denen nicht gewisse Argumente helfen, die ihnen die Natur gegeben hat, haben es schwer damit.«

»Ich will mich jener Argumente nicht bedienen«, gab Usi prompt zurück.

»Wollen wir an einem Abend zusammen ausgehen?«

»Ich bin augenblicklich von sechs bis zehn Uhr beschäftigt ...«

Er drehte den Kopf: »Ernsthaft?«

»Ich habe einem alten Herrn Zeitungen vorzulesen und mit ihm Konversation zu führen ... Mit heute fängt es an ...«

»Ich habe wirklich kein Glück«, gab er melancholisch zurück.

»Warum?«

»Ich hätte Ihnen auch gestern vorgestellt werden können.« Schweigen. »Ihr Mann hat sich wohl schlecht benommen?«, fing er wieder an.

»Wie kommen Sie auf diese Idee?«

»Es gibt zwei Möglichkeiten: Entweder haben Sie Ihr Geld verloren und sind gezwungen, sich durchzubringen, oder ...«

Sie schüttelte den Kopf: »Nicht er, sondern ich benehme mich schlecht ...«

»Oho ... Sie legen keinen Wert mehr darauf, mit ihm zu leben?«

»Vielleicht ...«

»Das kommt vor. Es gibt in jeder Ehe Perioden, wo man besser täte, sich für einige Zeit zu trennen.«

»Ist Ihnen das auch schon passiert?«

Er schien überrascht zu sein: »Ich war nie verheiratet ...«

»Wie wollen Sie dann darüber reden«, lächelte sie.

»Ihre eigenen Erfahrungen mögen auch noch nicht sehr groß sein, denn Sie sind wohl kaum mehr als zwanzig Jahre alt. Habe ich mich getäuscht?«

»Ich war doch mehr als zwei Jahre verheiratet ...«

Man fuhr eben über die Concorde: »Wollen Sie mir nicht Ihre Telefonnummer geben?«

»Können Sie sich nicht mit Marsa verständigen?«

»Das ist kompliziert«, antwortete er, »außerdem wäre ich gern mit Ihnen allein ausgegangen ...«

»Ich weiß meine Telefonnummer nicht auswendig. Ich habe erst gestern und heute je einmal telefoniert.«

Der Wagen hielt an. Er zahlte, und sie gingen die Treppen zur Terrasse der Tuilerien hinauf: »Sie wohnen im Hotel?«

»Sie wollen wirklich alles wissen ...«

»Natürlich«, sagte er ernsthaft.

»Mein Hotel ist sehr klein. Ich habe ein Zimmer im vierten Stock.« Sie lachte: »Ich zahle dafür monatlich zweihundertfünfzig Francs.«

Er drehte langsam den Kopf, sah sie an: »Entzückend ...«

»Es ist die lautere Wahrheit. Ich sage das nicht, um zu bluffen ...«

»Ich habe es Ihnen auch geglaubt«, er nahm sie dabei am Arm. »Sie werden jetzt etwas Wunderbares erleben Es kann Ihnen gut oder schlecht gehen, aber wenn Sie auch im kleinsten Rahmen Erfolg haben, wird das ein großer Moment für Sie sein. Ein Mensch, sei er Mann oder Frau, der immer von anderen abhängig war und den die Umstände so isolieren, dass er nur auf sich selbst gestellt, zu reüssieren gezwungen ist, wird von jenem Augenblick an, nach einem großen Schrecken, ein Gefühl der Sicherheit und Geborgenheit erleben, das unerhört kostbar ist. Viele kommen ihr Leben lang nicht dazu ... sind bis zu ihrem Tod mehr oder minder Opfer ihrer Abhängigkeit ... ihrer Ängste. Glauben Sie nicht?«

»Mag sein, aber man muss eben Glück haben.«

»Natürlich«, sagte er in einem Ton, als ob das ganz normal wäre. »Aber was sagte denn Ihr Herr Gemahl zu dem allen?«

Sie bekam jetzt einen unsicheren Zug in ihre Augen: »Das werde ich Ihnen vielleicht ein anderes Mal erzählen ...«

* * *

Usi kam gegen sechs Uhr in das Haus der Avenue Suffren. Sie war neugierig, nun diesen alten Herrn zu sehen. Zugleich bewegte sie der Gedanke, dass sie zum ersten Mal in ihrem Leben fünfzig Francs verdiente.

Sie wurde nicht mehr in den großen Salon geführt, sondern in ein nebenan liegendes Bibliothekszimmer. Als sie eintrat, sah sie niemanden. Da waren, wie im Salon wieder zwei hohe Fenster, an den Wänden offene Büchergestelle bis zur halben Höhe. Darüber eine merkwürdige Sammlung von primitiven Waffen: Lanzen, Schilde ...

Usi stand erst ratlos inmitten des Zimmers. Dann sah sie zur Linken, in der Nähe des Fensters, einen Louis-XIII.-Fauteuil mit hoher Lehne.

In diesem Stuhl saß, Usi den Rücken drehend, ein Mann. Er schien zu schlafen. Usi schaute, ohne sich zu rühren, hinüber. Als er sich nicht bewegte, setzte sie sich auf einen Stuhl.

Sie wollte ihn nicht aufwecken und wartete. Nach einer Weile öffnete sie ihre Handtasche, besah sich im Spiegel, legte sich etwas Rouge auf. Der Stuhl, auf dem sie saß, war nicht sehr bequem. Sie überlegte, ob das noch lange so dauern könnte, als sie auf einmal das Gesicht des Mannes zur Rechten in einem Spiegel sah. Er schien sie aufmerksam anzusehen. Usi war darüber erschrocken und senkte den Blick. Als sie wieder aufsah, waren die Augen geschlossen. Es wurde ihr unbehaglich.

Sie hatte Lust wegzugehen.

Der andere bewegte jetzt seinen rechten Arm, den er auf der Stuhllehne liegen hatte. Er schien aufzuwachen, oder er tat wenigstens so.

Er drehte den Oberkörper, sagte: »Ach ... entschuldigen Sie ...«

Usi war aufgestanden. Er kam ihr sonderbar vor. Denn wenn sie sonst in ein Zimmer trat, waren die Herren aufgestanden ...

Er schaute sie jetzt an, als wäre er ungewiss, was sie wollte.

»Ich bin auf sechs Uhr bestellt ...«, hob sie an. Jetzt erst sah sie ihn an: seine Augen waren dunkel und glänzend. Er hatte ein gelbliches Gesicht, wie jemand, der an der Leber leidet. Daraus stach auf der Oberlippe ein weißer, kurzgeschnittener Schnurrbart hervor, und auf die Stirn fielen ein paar graue Locken.

Er sah in seinem blauen Anzug gut gekleidet und dennoch unordentlich aus. Sein weicher Kragen war halb offen. Er fasste ihn zuweilen mit der linken Hand, zerrte, als ob er sich dadurch das Atmen erleichterte.

»Kommen Sie, bitte, näher«, sagte er liebenswürdig. Er zeigte auf ihren Stuhl mit der Geste, sie sollte ihm näher rücken.

Er kümmerte sich jetzt nicht mehr um sie, starrte vor sich hin. Usi war es nicht klar, ob er im Halbschlaf vor sich hindämmerte oder ob seine Haltung eine Komödie sei.

Sie saß so wohl eine Viertelstunde. Er rührte sich nicht.

Die Tür ging auf. Das Mädchen, das Usi geöffnet hatte, trat ein und legte Zeitungen auf den Tisch.

»Sie sind Deutsche?«, hörte sie ihn fragen.

Sie fuhr auf. »Von Geburt, ja, ich war aber zwei Jahre mit einem französischen Schweizer verheiratet.«

»Interessant ...«, entgegnete er ruhig. Wenn er sprach, zuckten seine Mundwinkel manchmal unmerklich. »Aber die Deutschen vergessen eigentlich ihre Nationalität nie ... Ich habe vor dem Krieg welche in Casablanca gekannt. Tüchtige Leute! Lieben Sie Afrika?«

»Ich kenne nur wenig davon. Im Winter vor meiner Verheiratung habe ich mit meinem Vater Oberägypten bereist. Wir kamen bis an die Quellen des blauen Nil und von dort über das Gebirge nach Äthiopien.«

»Ich bin achtzehnhundertsiebenundneunzig zum ersten Mal von Djibouti nach Adis Abeba gekommen. Damals gab es noch keine Eisenbahn. Ich hatte einen Araber zum Freund, er hatte einen Sklaventransport in Harar abzuholen. Wir waren von fünf Gallas begleitet und hatten als Proviant Schafe und einen Ochsen mit. Da man ihn nicht auf einmal essen konnte, haben ihm die Kerle das Fleisch vom lebendigen Leib abgeschnitten und roh gefressen ... während sie das blutende Tier vorwärts trieben ...« Er schöpfte Atem. »Eine grausame Rasse ... dabei waren die Männer sehr schön ...«

»Und wie war das mit den Sklaven?«, fragte Usi, die über dieser Vision Brechreiz befiel.

»Das waren Mädchen aus dem Sudan, die nach Arabien verhandelt wurden ...«, antwortete der andere ruhig.

Es wurde wieder still. Usi hatte mit dem zu tun, was ihr der andere so wie ein Stück zur Verdauung hingeworfen hatte, und er schien den Eindruck zu beobachten.

»Soll ich Ihnen die Zeitung vorlesen?«, fragte sie nach einer Weile.

Er schüttelte den Kopf.

»Ihre Frau Gemahlin hat mir gesagt, ich hätte Ihnen Zeitungen vorzulesen ...«

Der andere antwortete nicht darauf. Er sann: »Ich will mich unterhalten«, sagte er.

Usi sah ihn wieder an. Er sah rassig aus, nur in den Augen merkwürdig. Sie dachte: »Er ist vielleicht irrsinnig; jedenfalls sonderbar.«

Er schaute plötzlich misstrauisch nach ihr, als hätte er ihre Gedanken erraten. Seine Stirn faltete sich. Sein Gesicht bekam einen gequälten Ausdruck. Allmählich ebbte es wieder ab.

»Ich weiß Ihnen wohl nicht viel zu sagen«, hob Usi an. Dann äußerte sie: »Ich kann alles ertragen, nur nicht Rohheit ...«

Er schloss halb die Augen. Sein Mund zog sich leicht zusammen. »Ich habe bei den Gallas und den Kaffas die schönsten und brutalsten Menschen gesehen; von einer instinktiven, fast unbewussten Grausamkeit. Es ist doch bizarr, zu denken, dass wir uns hier mit den subtilsten Sensationen unserer Kultur befassen, und dort Dinge geschehen, deren bloße Erinnerung mir noch die Gedärme erbeben machen ...«

»Wie schrecklich ...«

»Und das Schlimmste ist, dass ich in solchen Momenten die Menschen nicht niedergeschossen habe, sondern wie vor etwas Schrecklichem einfach stillhielt ... und manchmal sogar wie nach etwas Ekelhaftem eine ganz ungesunde Sehnsucht bekam ...«

Er legte seinen Kopf etwas auf die Seite: »Ich habe Jahre gehabt, da ich mehr, andere, da ich weniger daran gekettet war ...«

»Das ist eine Krankheit«, sagte Usi kurz und bestimmt.

Er lächelte müde: »Wenn wir wüssten, was wir in uns haben ... aber wir sind eigentlich nicht so gut und haben es auch nicht so schlecht, wie wir uns selbst vorstellen ...«

»Lieben Sie Musik?«, fragte Usi, als ob sie sich damit erleichterte.

»Ich habe Musik geliebt und habe starke Erinnerungen; ich gehe auch noch manchmal in die Oper oder in Konzerte. Doch nur selten. Die meisten dieser Vorführungen geben mir, da sie nur wenig vollendet sind, Schmerzen in den Knien.«

»In den Knien?«

»Ja, es gibt sogar Menschen, deren Unterhaltung mich in denselben Zustand versetzt. Merkwürdigerweise überfällt er mich nur, wenn andere mich in hohem Grade langweilen. Wenn ich allein bin, passiert mir das nie ...«

Usi schaute misstrauisch zu ihm hinüber. Sie wusste nicht, was sie von dieser Erklärung halten sollte.

Der andere sah sie forschend an. Usi empfand ein in sich steigendes Unbehagen. Dieser Mensch, der jetzt etwas steif und mit glänzenden Augen vor ihr saß, strahlte eine peinliche, fast schmerzende Atmosphäre aus. Dabei schien es ihn zu interessieren, dass er auf sie diesen Eindruck machte.

Vielleicht war sie dafür bezahlt, dass er sie mit seinen Geschichten so quälen konnte.

In ihrer Hilflosigkeit fragte sie: »Lieben Sie London?«

Er sah sie erstaunt an. Er machte eine leise Grimasse, als wäre es ihm unangenehm, dass man ihn auf einen Weg führen wollte, der ihm nicht passte. Aber sein Gesicht glättete sich wieder: »Als ich zum letzten Mal dort war, hatte ich ein eigentümliches Erlebnis. Ich trat nachmittags gegen drei Uhr in eine Bar in der Nähe vom Piccadilly-Zirkus. Ich hatte vor, einen Brief zu schreiben.«

Usi atmete auf. Man war endlich auf einem anderen Feld.

»Da fand ich eine Barmaid im Gespräch mit einem Priester. Er war ein kleiner, korpulenter Herr, und er war, trotzdem es erst am frühen Nachmittag war, etwas betrunken ...«

»Unglaublich ...«, sagte Usi.

»Ich stellte mich an die Bar, konnte aber um diese Stunde noch keinen Whisky bekommen. Nur Kaffee bot man mir an. Aber ich kam ins Gespräch mit dem Priester, der sehr heiter gestimmt war. Er fragte mich: »Wie gefällt Ihnen diese junge Dame?« – indem er auf die Barmaid zeigte. Ich erwiderte, dass ich sie sehr nett fände. Darauf sagte er ...«

Usi sah im erwartungsvoll ins Gesicht.

Der andere schwieg nachdenklich. Darauf erklärte er: »Die Bourgeoisie in England ist unheimlich monoton. Ist das nicht auch Ihre Meinung?«

»Ich habe in England immer im Hotel gelebt, bin manchmal auf einem Gut bei Oxford eingeladen gewesen, doch es war ein bisschen trist. Die Menschen sitzen zusammen auf der Terrasse, und während einer halben Stunde spricht niemand ein Wort ...«

»Sie halten das für aristokratisch ...«, warf er ein. Usi hätte jetzt doch gern wissen wollen, was der Priester über die Barmaid gesagt hatte, aber sie fragte nicht.

»Vor allem fehlt es dem Engländer an Phantasie, und darauf kommt es doch an«, fuhr er fort. »Was sind alle Realitäten gegenüber den tollen Ausschweifungen der

Phantasie ...« Er sah sie an, zugleich hatten sich seine Hände in die Stuhllehne verkrampft. Sein Mund ging ein paarmal auf und zu, und sein Kopf fiel ruckweise vornüber ...

Usi wurde von einem lähmenden, ganz unwiderstehlichen Ekel erfasst.

Fünftes Kapitel

Fersen hatte seinen Wagen neben der Brücke angehalten und wartete auf Usi, die um elf Uhr kommen sollte. Er war daran, die Pariser Ausgabe des »Daily Mail« zu lesen, sah zuweilen auf, wenn auf dem Boulevard de Grenelle eine Silhouette herankam, die ihr ähnlich sein konnte.

Er war ungeduldig. Sie hatte ihm gefallen. Sie hatte körperlich einen großen Reiz, dabei eine Frische, die ihn entzückte. Fersen hatte lange Zeit komplizierte, verwöhnte Frauen erlebt, die in Paris, in London, auch in Neuyork in der Gesellschaft, wo er verkehrte, sehr häufig sind. Er war davon müde. Usi kam ihm vor wie ein Wesen, das aus der Provinz, vom Land kam und doch feinnervig, anpassungsfähig war, und dazu frisch wie eine Frucht, die kaum reif geworden ist.

Sie war sicher noch ganz unverbraucht. Warum hatte sie sich von ihrem Mann getrennt? Fersen sann darüber nach, wie merkwürdig es für ihn wäre, wenn er bei seinen zweiundvierzig Jahren selbst einmal die Rolle des Ehemannes zu übernehmen hätte. Er kannte die Frauen zu genau, um nicht zu wissen, dass das Erwachen zur Leidenschaft für die meisten einen Kampf bedeutet, wie wir zu den tiefen Träumen schwerer Narkotika nur durch körperliche Erschütterungen kommen, um ihnen nachher erbarmungslos verfallen zu sein. Dabei fiel dem Mann in der Ehe die undankbarste Mission zu.

Von solchen Konstellationen hatte er oft profitiert. Er war sich sehr wohl bewusst, dass er seine schöne Rolle nur einem Missverständnis der Frau zu verdanken hatte.

Manchmal hatte er den Mann bedauert, manchmal als Geliebter der Frau auch nur etwas wie ein Interregnum bedeutet, bis sie das Gefühl für ihren eigenen Mann wiederfand.

Aber Usi blieb jetzt doch lange aus! Er hatte sie seit acht Tagen nicht mehr gesehen. Nach ihrer ersten Begegnung war sie verschollen gewesen.

Dann hatte Marsa vermittelt. Oh, Marsa war trotz ihrer achtzehn Jahre sehr schlau. Sie vermied es, mit dem Feuer zu spielen, oder sie wartete den großen Moment ab, wo es sich wirklich lohnte.

Sie hatte noch nicht den Mann gefunden, um den es sich lohnte!

»Black«, hatte Marsa gesagt. Der Name sagte Fersen etwas ganz Bestimmtes, aber er wusste doch nicht, was der Begriff enthielt. Fersen war erst vor drei Monaten aus den Vereinigten Staaten zurückgekommen. Er hatte dort besondere Missionen gehabt, außerdem den Sowjets landwirtschaftliche Maschinen und Traktoren verkauft.

Jedenfalls wüsste Freddy Stimson, der am Stock Exchange war, darüber Bescheid. Black hatte irgendetwas mit der Londoner Börse zu tun gehabt.

Es ging jetzt auf halb zwölf. Usi ließ wirklich auf sich warten. Entweder war sie sehr geschickt und begann nun auf der Klaviatur seiner Nerven zu spielen, oder sie war irgendwie verhindert.

Er versuchte sich jetzt Rechenschaft zu geben, wie viel ihm überhaupt an ihr lag. Er wusste es eigentlich doch nicht, ehe sie nicht die letzte Prüfung bestanden hatte.

Dazu wollte er jedenfalls so rasch wie möglich kommen. Seine Ungeduld war für ihn selbst ein schlechtes Zeichen.

Fersen sah hinunter in den Fluss. Auf der Ile des Cygnes saß neben der Badeanstalt ein Mann und fischte. Zwei andere standen daneben und sahen zu.

Der Morgen war sehr heiß. Fersen hatte seinen Badeanzug im Wagen. Er wollte Usi vorschlagen, ins Schwimmbad zu fahren. Aber er fragte sich jetzt, ob es klug sei, noch länger zu warten.

* * *

Usi hatte Marsa um halb elf abgeholt. Marsa war noch beim Coiffeur gewesen. Sie wollte Usi zu Pierette mitnehmen. Pierette war von einem Londoner Warenhaus finanziert. Sie hatte längst die Erfahrung gemacht, dass die Damen aus Fifth Avenue und Mayfair zumeist die Kleider bestellten, die ihrem eigenen Geschmack am nächsten waren. Es handelte sich also darum, diesem Geschmack entgegenzukommen. Daher kam ihr Erfolg.

Pierette war eine kleine, ältere Dame mit grauen kurzgeschnittenen Haaren. Als Usi und Marsa ankamen, war sie im großen Salon, wo die Kollektion zwei dicken Damen und einem Herrn vorgeführt wurde.

Pierette schien sich nur mit diesem Herrn zu beschäftigen und Marsa erklärte, das müsste ein fremder Kommissionär sein.

Sie hatte sich mit Usi ans Fenster gesetzt, von wo aus sie nach dem Hotel »Carlton« hinüberschauten.

Aber es geschah nun, dass der Kommissionär, während vor ihm Abendkleider in zarten grünen und blauen Tönen vorbeischwebten: vert-opaline und jaune-opaline, dazwischen auch leuchtende und dunkle Blau, bleu pervanche, Madonnenblau, Delfterblau und Ultramarinblau ... es geschah, dass der Kommissionär zuweilen nach Usi hinübersah und dann wegging.

Darauf rollten auch die zwei dicken Damen hinaus, und Pierette kam, um Marsa zu begrüßen. Diese machte sie mit Usi bekannt.

Marsa sprach von einem Abendkleid, einem elfenbeinfarbenen, das ihr mit einem weinroten Jäckchen amüsant erschien. Sie fragte nach dem Preis und nach einer möglichen Reduktion.

Pierette diskutierte und sah dabei Usi ins Gesicht: »Sie sind Mister Crane aufgefallen«, lächelte sie. Darauf: »Es ist schade«, sagte er zu mir, dass Sie Ihre Abendkleider nicht von Damen der Gesellschaft vorführen lassen können. Diese Mannequins, so nett sie sind, haben doch wenig Rasse ..., was auch auf unsere heutigen Kunden zutrifft«, setzte Pierette hinzu, »aber man möchte wenigstens die Illusion von etwas Elegantem geben. Es ist ein Jammer, dass man heute die Kleider nicht mehr zu tragen weiß. Wenigstens die, welche die Mittel haben, um sie zu kaufen.«

Marsa erklärte: »Ich kann mir nur ein gutes Abendkleid pro Saison kaufen. Dabei darf's nicht teuer sein.

»Und Sie, brauchen Sie nichts?« Pierette wandte sich wieder an Usi.

»Ich habe augenblicklich keine Möglichkeit, für Kleider Geld auszugeben.«

»Schade ... Aber Sie sind doch sehr gut angezogen!«

»Das stammt vom letzten Winter ... früher ging ich zu Jenny, aber jetzt ist meine Lage ganz anders. Das ist übrigens meine geringste Sorge«, lachte sie.

»Schade ...«, sagte die andere wieder.

Die beiden gingen.

»Du hast Chancen bei Pierette ...«, erklärte Marsa, als sie die Treppe heruntergingen. »Du siehst, auf meine Markterei hat sie nicht eingehen wollen, und dir würde sie sicher jeden Kredit geben ...«

Es war jetzt halb zwölf geworden.

»Nimm ein Taxi«, riet Marsa, »du bist für Fersen schon zu spät.«

»Ja«, sagte Usi, aber sie ging zu Fuß bis zum Etoile und stieg in die Tramway nach dem Trocadéro.

Als sie dort angekommen war, stieg sie durch die Gärten hinunter zum Kai und schickte sich an, den Fluss entlang bis zur Brücke zu gehen, als ein geschlossener, von Nickel blinkender Mercedeswagen neben ihr hielt. Fersen saß am Steuer und sagte: »Ich hatte es aufgegeben ...« Er lachte aber dazu.

»Entschuldigen Sie!«

»Haben Sie einen Badeanzug?«

»Ja ...«

»Gehen wir ihn holen ...«

Sie setzte sich neben ihn, und sie fuhren über die Brücke zurück. Er erklärte ihr, dass sie vor dem Frühstück zum Baden gehen, dann in der Sonne liegen wollten.

Usi war von der Idee entzückt. Sie fand es komisch, wie sie jetzt für jedes Vergnügen, das ihr etwas Farbe und Lust und ihre monotone Existenz brachte, dankbar war.

Zu Hause stürmte sie die vier Treppen hinauf, und nachher, ihr grünes Schwimmtrikot und die Gummischuhe unter dem Arm, wieder hinunter.

Darauf schoss der Wagen den Kai entlang, auf die Porte von Auteuil zu. Fersen sah sie einmal von der Seite an. Es war ihr offenbar behaglich, in sehr raschem Tempo zu fahren. »Für ein erstes Rendezvous haben Sie sich sehr geschickt benommen ...«

»Finden Sie?«

74

»Ich habe vierzig Minuten gewartet und mich geärgert ... Das war doch allerhand!«

»Ich habe es doch nicht absichtlich getan!«

»Wenn eine Frau zur Zeit irgendwo sein will, gelingt es ihr immer ... Oder nicht?«

Sie kamen an. Fersen fuhr quer über den Platz und beinahe in den Autobus BO, der gerade um die Parkecke bog. Es standen schon eine Menge Wagen da.

Schon vom Schalter aus sah Usi das Bassin und die ockerrote Innenfassade mit den zwei Etagen der blauen Kabinentüren. Rings in der Piscine wogte es von braunen Rücken, kreischten Frauenstimmen, dazu dröhnte das Sprungbrett und klatschte das Wasser unter dem Aufschlagen der Körper.

Usi fand schließlich eine Kabine auf der Seite des Winterbassins, ging unter die Dusche und wartete dann auf Fersen.

Als er ankam, fand sie ihn sehr gebräunt – er hatte wohl die Gewohnheit, hierherzukommen – , seine Schultern waren breit, sein Körper gut gebaut, aber etwas weicher in der Linie als Philipp. Sie verglich die beiden unwillkürlich. Philipp war härter in den Muskeln. Das kam wohl aus seiner Engadiner Zeit. Fersen sprang sehr elastisch ins Wasser. Usi glitt von der Seitentreppe hinein.

Sie schwammen nebeneinander ans andere Ende, aber es war bei der Menge nicht leicht durchzukommen. Rechts und links tauchten prustende Gesichter auf. So ging es ein paarmal hin und her. Dann legten sie sich in die Sonne.

Eine Weile waren sie still und gaben sich nur dem wohligen Gefühl des Lichtes auf ihrer nassen Haut hin. Dann sah Fersen seitlich eine sehr schlanke junge Dame mit dem

Rücken an die warme Wand gelehnt. Sie hatte ein blaues Armband um den linken Fuß.

Er schien sie mit Interesse zu betrachten.

Das weckte Usi auf.

Er blinzelte neben ihr und streckte sich: »Wie herrlich«, sagte er. »Und dies alles hätten Sie beinahe versäumt.«

»Sie lachte: »Ich habe doch noch Glück gehabt.«

Er schwieg darauf. »Wie geht es Ihnen denn jetzt eigentlich?«

»Nicht gut«, erklärte sie.

»Ah. Was haben Sie für Erfahrungen mit Ihrem alten Herrn?«

»Er quält mich«, sagte sie und schloss in der Sonne die Augen. Sie hatte das Gefühl, als bebte in ihren Augenlidern hellrosarotes Blut, und dazwischen blitzten weiße Reflexe.

»Wieso kann er Sie quälen?«

»Er erzählt mir scheußliche Geschichten und weidet sich daran, dass er mich peinigt ...«

»Ein raffiniertes Biest.« Fersen sann: »Wovon spricht er denn?«

»Immer von Afrika, wo er lange Zeit verbracht hat. Manchmal von Abessinien, vom Sudan, auch von Marokko ...«

»Ist da denn so schlimm?«, fragte er, als wolle er sagen: ›Sie sind vielleicht überhaupt wenig an Männer gewöhnt!‹

»O doch«, erklärte sie, »er ist furchtbar gemein ...«

Fersen sagte während einer Weile nichts. Darauf: »Sind Sie, seit ich Sie zum letzten Mal sah, jeden Tag hingegangen?«

Sie nickte, drehte sich und legte ihr Gesicht auf die Arme, um sich den Rücken von der Sonne bescheinen zu lassen.

Er sah ihr auf den Nacken und hatte große Lust, ihr die Hand ins Genick zu legen, als könnte er sie damit beruhigen.

»Wenn Sie demselben Menschen in einer Gesellschaft begegneten, würden Sie ihn vielleicht für einen Gentleman halten ...«

»Mag sein.«, Usi hatte sich aufgerichtet.

»Dann ist eines gewiss: Sie lernen die Menschen erst jetzt kennen. Das ist eine harte Schule. Ich hatte einen Freund, der besaß eine kleine Bank. Es war in einer Zeit, als ich selber noch Illusionen hatte. Er sagte mir einmal, und lächelte bitter: ›En ce qui concerne l'argent, il n'y a pas de miracles.‹ Ich habe noch nie ein so weises Wort gehört. Was müssen wir Menschen doch, um zu leben, für Konzessionen machen. Davon wird man hart.«

»Hören wir damit auf. Seit Tagen ist das der erste Moment, wo ich mich wohl fühle, ich will ihn mir jetzt nicht durch Ihre Theorien verderben.«

Er hatte einen hellen Schimmer in den Augen. »Bravo, Sie reagieren ausgezeichnet!«

»Ich habe das Gefühl, dass ich mich wie ein Wurm in der Sonne drehe; wie wohl das tut ... Als Kind aß ich in so warmen Tagen mit Leidenschaft Himbeeren. Sie rochen in der Hitze so wunderbar ... und schmeckten so süß ...«

»Sie sind eine Lebenskünstlerin.«

»Etwas Süßes muss dabei sein ... etwas, das wohltut. Was hätte sonst das Leben für einen Sinn?«

»Glauben Sie mir, dass es Menschen gibt, die davon keine Ahnung haben! Die wie Tiere arbeiten und doch leben müssen.«

»Ich will noch einmal ins Wasser«, erklärte sie. »Welche Wollust, die Kühle zu fühlen auf der brennenden Haut!«

Er sah nach ihren schlanken Gliedern, während sie langsam gegen die Treppe ging. Hüften hatte sie kaum, und lange, schöne Schenkel.

Sie kam ihm vor wie etwas Schlankes und Beschwingtes. Sie war in ihrer Art sehr schön. Es wurde ihm bange bei dem Gedanken, was aus ihr werden konnte, es wühlte in ihm, dass dieser alte Sadist seine trübe Lust an der Qual ihres jungen Gesichts befriedigte. Aber das Beste, was er selbst für sie tun konnte, war doch dies, dass er ihr helfen wollte, unabhängig zu werden. Sogar von ihm selbst. War er dessen so gewiss, dass er selbst ihr nicht unendlich weh tun konnte?

Begehrte er sie nicht auch?

Sie kam jetzt wieder aus dem Wasser. Ihr ganzes Gesicht strahlte. Wie schön ... und wie herrlich jung sie doch war ...

* * *

Sie saßen nachher im Armenonville am Teich und aßen. Es war schon zwei vorbei. Ringsum war es ruhig geworden.

Louis, der alte Maître d'Hôtel, stand nebenan unter einem Baum, ließ den Tisch nicht aus den Augen und dirigierte die Kellner mit einem raschen Blick.

Usi hatte die Empfindung, wie eine Prinzessin behandelt zu werden. Sie hatte jetzt manchmal in einem Bistro des Quartier Grenelle ihre Mahlzeiten eingenommen, mit kleinen Leuten, die unappetitlich aßen, Brot in Rotwein tunkten, die Teller auswischten. Das Mittagessen war ihr eine Tortur. Sie hatte es auch anderswo versucht, doch in den Restaurants, deren Preise für sie möglich waren, traf sie stets dieselbe Art Publikum.

»Haben Sie keine Nachricht von Ihrem Gemahl?«, hörte sie ihn fragen.

Sie sah ihm überrascht ins Gesicht: »Er weiß doch gar nicht, wo ich bin ...«

»Aber wenn Sie sich scheiden lassen wollen, muss er doch wissen, wo Sie sind«, fing er wieder an.

»Schon, aber zu allererst muss ich einmal von ihm loskommen ...«

Schweigen.

»Haben Sie ihn nie geliebt?«

»Können Sie sich vorstellen, dass man einen Menschen heiratet, für den man nie etwas empfunden hat?«

Sie sagte das ruhig, wie wenn man ihm ganz ernsthaft eine Frage stellte.

»Ja, schon ... Es gibt Frauen, die darin unerhört praktisch sind.«

»Wie kann man überhaupt gleich wissen, ob man liebt? Gefallen hat er mir sicher, sonst hätte ich auch nie ›ja‹ gesagt ... Aber ich hätte mich vielleicht noch besonnen, wenn mir Papa nicht dazu geraten hätte ...«

»Ah. Er war also auf der Seite Ihres Mannes?«

Usi fuhr auf: O nein ... das war nur ganz am Anfang ...«

»Und Ihr Mann?«

»War eifersüchtig auf Papa ...«

Fersen gab sich einen Ruck: »Wieso?«

»Weil Papa ein genialer Mensch war, und weil ich ihn liebte. Er war in jeder Hinsicht der vollendetste Mann, den ich je gesehen habe ...« Sie sagte das mit einer solchen Überzeugung, dass Fersen unwillkürlich darüber lächelte.

Er sagte: »Sie sind reizend. Sie kommen mir vor wie ein kleiner Junge, der seine Mutter heiraten will, weil er sie für die schönste aller Frauen hält.«

Sie wurde ernst: »Sie dürfen über alles spotten, nur nicht über mein Gefühl für Papa ...«

»Es ist gar nicht so unsinnig, was ich sagte, denn im Gefühl des kleinen Jungen ist vielleicht ein Urtrieb der

Menschheit verborgen. In der Leidenschaft suchen wir oft nur uns selbst, und selbst die, die gerade das Gegenteil ihrer eigenen Natur zu erstreben glauben, akklimatisieren sich dabei doch nicht. Auch das Bedürfnis des häufigen Wechsels ist nur Nervosität. Auf die Dauer verfallen wir Männer immer nur demselben Typ von Frau.«

Merkwürdig, es schien sich da für sie ein Ausblick aufzutun, von dessen Möglichkeiten sie früher keine Ahnung hatte.

»Es ist auch ganz natürlich, dass Ihr Gemahl, der sich um einen Teil des Gefühls, das ihm zukommen sollte, betrogen glaubte, darunter litt ...«

»Papa war aber auch geistig soviel größer als er«, erklärte sie.

Fersen war daran, ziemlich umständlich seine Zigarre anzuzünden: »Können Sie das beurteilen?«, fragte er leichthin.

Sie antwortete nicht.

Als er wieder aufsah, war ihr Ausdruck merkwürdig verändert. Sie starrte zur Seite in das blinkende Wasser des Teiches, dessen Grund olivgrün und wieder schwarz aufleuchtete. Ihr Mund bebte, als hätte sie plötzlich alle Herrschaft ihrer Nerven verloren.

»Habe ich Ihnen weh getan?«, fragte er bestürzt.

»Reden wir von etwas anderem«, bat sie leise, »dieses Gespräch kann ich nicht mehr aushalten.«

»Aber gewiss.« Er war ganz erschrocken.

Sie waren beide ratlos.

Der Kellner kam und räumte Früchte, die auf dem Tisch standen, ab. Sie sahen ihm zu. Sie waren über dieses Intermezzo froh.

Als er gegangen war, fragte Fersen: »Was haben Sie nachher zu tun?«

»Ich soll in der Rue de Varennes vorbeigehen. Dort ist ein Antiquitätenhändler, mit dem ich reden muss.«

»Ich kann Sie hinbringen.« Seine Stimme klang warm, als ob er sie trösten wollte.

Sie war ihm für sein Mitgefühl dankbar; aber zugleich schien ihr, dass ihn die Geschichten ihrer Familie beunruhigten, vielleicht langweilten. Er war wohl wie viele Männer, die einer Frau die Cour machen, egoistisch und sah in ihren Schmerzen nur eine peinliche Ablenkung.

Sie fuhren nachher langsam durch das Bois in der Richtung nach der Porte Dauphine und dann die Avenue hinauf zum Etoile. Ihre Augen trugen nun einen Schein von Melancholie, in der zuweilen eine leise Zärtlichkeit aufleuchtete.

»Was wollen Sie mit dem Antiquitätenhändler?«

»Er hat vor kurzer Zeit eine Verkäuferin gesucht. Das würde mir passen. Ich verstehe ein wenig von alten Möbeln, ich liebe die Atmosphäre von gotischen Heiligen und Messgewändern. Ich hätte so etwas Ruhe, würde mitten in diesem alten Kram sitzen und zuweilen einem Herrn aus Berlin oder einer jungen Amerikanerin Auskunft geben. Wäre das nicht reizend?«

»Allerdings ... Wenn Sie gestatten, will ich auf Sie warten. Ich bin gespannt, wie Ihre Unterredung ausfallen wird ...«

Sie lächelte: »Wie Sie wollen ...«

Er fuhr dann zwischen dem großen und kleinen Palais nach dem Invalidendom. Von dort in die Rue de Varenne.

»Das ist das Viertel, wo ich am liebsten wohnen möchte; da sind hinter hohen, alten Mauern noch weite Gärten.« Sie zog eine Karte aus der Tasche: »So, nun halten Sie, bitte, hier an. Es würde sich nicht gut machen, wenn ich bei meinem eventuellen künftigen Brotherrn in Ihrem Wagen vorführe ...«

»Wie Sie wollen.« Er war plötzlich recht vergnügt. Usi trat in den Laden ein, in dessen Schaufenster eine große Menge disparater Objekte ausgestellt waren. Da war eine Standuhr mit Empireornamenten, opalblaue Gläser und Vasen, kleines Porzellan und aus Holz geschnitzt ein Stück von einem gotischen Ornament. Daneben silberne Löffel und Gabeln zu Bündeln gebunden.

Im Hintergrund saß ein Mann an einem Schreibtisch und erhob sich: »Womit kann ich Ihnen dienen?«

»Sie haben letzthin eine Verkäuferin gesucht?«

Er neigte sich etwas vor, er war klein und schmächtig, hatte einen grauen, runden Bart und wenig Haare mehr auf dem Kopf: »Allerdings ... aber jetzt ...« Er machte eine hoffnungslose Geste: »Wissen Sie, wann ich das letzte Objekt in diesem Laden verkauft habe ...? Vor genau zwei Monaten. Bei dieser Krise findet sich nur alle paar Wochen ein Kunde ein. Ist das je schon da gewesen?«

Er ging auf einmal auf und ab, drehte sich dann plötzlich: »Entschuldigen Sie, wollen Sie sich setzen?« Er schob ihr einen aus Stroh geflochtenen Stuhl hin.

Usi setzte sich, trotzdem die Sache aussichtslos war und Fersen auf sie wartete. »Ja, die Zeiten sind schwer«, gab sie zu.

»Und Sie hätten mich vertreten wollen?«, fragte er mit ernstem Gesicht.

»Ja, ich habe tagsüber ein paar Stunden frei ...«

»Die Geschichte ist die«, er bewegte mit einer automatischen Bewegung den Kopf, »ich bin seit zehn Jahren immer im August in Monte Carlo gewesen. Ich fuhr, verehrtes Fräulein, hin zum Spielen. Eine sehr unsolide Geschichte für einen verhältnismäßig seriösen Mann in meinem Alter – wie alt schätzen Sie mich übrigens? ... Ich will Ihnen nichts verheimlichen: Ich gehe ins vierundsiebzigste ...

Wie gesagt, das mit Monte Carlo wäre eine unsolide Geschichte, wenn ich nicht ein System hätte. Es würde zu weit führen, Ihnen die Vorteile und den Sinn dieses Systems klarmachen zu wollen; aber sehen Sie, es war so gekommen: Wir hatten mit den russischen Papieren eine Unmenge Geld verloren. Ich habe eine Frau, die fast in meinem Alter ist, und eine Tochter, die schon ins fünfzigste geht; kurz, ich wollte den beiden schließlich etwas zurücklassen, dass für ihre alten Tage gesorgt wäre ... So habe ich jedes Jahr eine kleine Summe erspart und dann den Teufel versucht. Ich sage Ihnen, ich bin zehnmal an einem großen Vermögen vorbeigegangen, und ich hätte es erreicht, wenn ich die moralische Kraft gehabt hätte, durchzuhalten; aber sehen Sie, ein paar Tage geht es gut ... ich bin ruhig ... dann kommt der Rückschlag ... Verluste, Verluste ... und da werde ich schwach ... Sehen Sie, ich alter Esel werde schwach. Ich glaube, Fehler in meinem System zu entdecken, diese Fehler korrigieren zu müssen, und von diesem Moment an bin ich verloren. Denn das System verzeiht nicht. Das ist eine feine, subtile Maschinerie. Ich habe jedes Jahr mit neuer Energie angefangen, wenn mich auch meine Frau allmählich für einen alten Narren hält und meine Tochter Geld in ihre Röcke einnäht, um das Nötige für die Rückreise zu haben ... Was meinen Sie zu dem allen? – Was meinen Sie dazu?

Usi antwortete ruhig: »Ich finde, dass man sein Glück versuchen muss ...«

»Richtig, mein Fräulein, Sie sind keine Kleinbürgerin wie meine Frau ... Ich habe Ihnen diese Geschichte nur erzählt, um zu wissen, wes Geistes Kind Sie sind. Ich bin sehr befriedigt von Ihnen, Sie haben Ihr Examen bestanden, aber es ist Ihr persönliches Pech, dass ich in diesem Jahr nicht fahren kann ... Ich habe meine Summe, die Mindestsumme, die notwendig ist, nicht zusammengebracht ... Meine Frau sträubt sich absolut, dass wir bei der hundeschlechten Börse Papiere verkaufen ... Und was soll ich machen? Es müsste geradezu ein unerhörter Glücksfall sein, wenn ich im nächsten Monat noch ein großes Geschäft machte ... Wollen Sie mir Ihre Adresse lassen? Vielleicht kann sich noch alles ändern ...«

Als Usi wieder draußen stand, dachte sie, wie entzückend es wäre, in diesem kleinen Laden zu sitzen. Sie sah sich nach dem blinkenden Mercedes um.

Fersen war nicht mehr da. Sie war enttäuscht. Von diesem Augenblick an verstand sie, dass er ihr fehlte.

* * *

Marsa hatte in der Claridge-Bar schon eine halbe Stunde gewartet, ehe Fersen ankam. Sie war ärgerlich. Sie sagte ihm: »Lieber Freund, es ist keine Art, eine junge Dame an einem Ort warten zu lassen, wo sie sowieso nicht hingehört ...«

Er lachte, sah sich in dem leeren Raum um: »Ich wusste, dass um diese Zeit hier kein Mensch ist ...«

»Ich dachte, Sie hätten mich vergessen ...«

Der Barmann hatte von seiner Zeitung aufgesehen und kam heran: »Hier ist ein Telegramm, Herr Baron.«

Fersen öffnete es und las: »Es ist gestern Abend gekommen ...«

»Ferdinand hat es mir heute früh gegeben ...«

Marsa schaute fragend. In Fersens Gesicht hatten sich zwischen den Augenbrauen zwei scharfe Falten gebildet. Sein Ausdruck wurde klar und hart: »Es ist gut ... Geben Sie mir einen Whisky ...«

»Etwas Unangenehmes?«, fragte Marsa.

»Ich muss vielleicht verreisen ...«, äußerte er leichthin. »Geschäfte ...« Er sah sie an. Seine Augen bekamen einen weichen, ruhigen Glanz. »Entschuldigen Sie ...«

»Warum kommen Sie so spät?« Marsa hatte ihre schmalen Hände mit den langen roten Nägeln vor sich auf den Tisch gelegt und sah darauf hin.

Er lächelte: »Sie haben sehr schöne Hände ... Ich habe, wie Sie wissen, mit Ihrer blonden Freundin gegessen, wir haben so viel gesprochen.«

»Wie gefällt sie Ihnen?«

»Sie ist nett, aber tragisch. Sie hat schon allerlei erlebt ...«

»Keine Idee. Sie kommt doch direkt von ihrem Mann ...«

»Das ist es doch!«

»Aber mein Lieber«, erklärte Marsa altklug, »das ist doch nur ein kleiner Familienzwist. Sie bildet sich ein, eine Tragödie zu erleben. Dabei hat sie einen Mann, der gut aussieht, alles tut, was sie will, und sie stellt sich vor, sie kann nicht mit ihm leben. Sie ist reizend, furchtbar anständig, aber sehr naiv. Wenn ich einen Mann hätte wie sie, würde ich bei ihm bleiben; bei diesen Zeiten wegzulaufen halte ich für einen Wahnsinn!«

»Sie sind klug, aber Ihre Freundin hat eine Art von Unschuld, die auch ihre Reize hat ... Sie ist sentimental, hat Charakter, und wie Sie sagen, riskiert sie eigentlich sehr viel ...«

Marsa nippte an einem Bordeaux: »Was riskiert sie? Sie wird ihre kleine Tragödie weiterspielen, bis es nicht mehr geht, und dann wird er selig sein, sie wieder zurückzuholen. Das ist doch genau die Geschichte der Gräfin Baransky, die im vorigen Jahr hier war. Solche Geschichten festigen eine Ehe und sind doch eigentlich ganz amüsant.«

Er hatte ihre Hand genommen, die sie ihm willig ließ. »Sie sind viel schlauer als sie, trotzdem sie schon zwei Jahre verheiratet war ...«

Marsa sah ihn, ohne den Kopf zu bewegen, von der Seite an: »Das mit der Unschuld ist es, was Sie reizt?«

»Ja, sie hat Charme ...« Er sann: »Ich will nicht sagen, dass Sie nicht auch welchen haben. Darüber haben wir ja schon vor zwei Jahren gesprochen ...«

»Damals war ich sechzehn, und für einen Verführer wie Sie zu jung. Und außerdem noch in einen Vetter verliebt.«

»Und ist daraus nichts geworden?«

Sie schüttelte den Kopf: »Er war ein Idiot ... Er hat sich gedacht, ich würde ihm und den Hals fallen. Was wäre daraus geworden. Geld hatte er keins, heiraten wollte er mich nicht, weil ich selbst keins hatte, und nur zu seiner Zerstreuung konnte ich doch auch nicht da sein«

Er antwortete nicht. Er sah mit einem ruhigen Blick an die Bar hinüber, wo jetzt zwei Herren saßen. Der eine sagte deutsch: »Ich habe vor einem Monat unsere Gesellschaft unter Geschäftsaufsicht gestellt. So hat man endlich Ruhe ...«

Fersen äußerte: »Wenn die Deutschen im Ausland sind, können sie sich nicht vorstellen, dass man versteht, was sie reden.«

Marsa nahm jetzt dem anderen ihre Hand weg und trank wieder einen kleinen Schluck: »Vor einem Jahr hatte ich noch Illusionen. Ich dachte, dass man, wenn man recht sparsam ist, durchhalten könnte, aber heute denke ich mir, dass diese Misere noch eine Ewigkeit dauern kann. Alles ist so hoffnungslos ... und ich bin vom Sparen so müde geworden.

Er nahm wieder ihre Hand: »Sie sind im Begriff Ihre schönen Prinzipien zu verlieren.«

»Ich dachte mir, dass ich Ihnen das sage muss, sonst verlieben Sie sich vielleicht in Usi ... Wie ich gestern Ihr Rendezvous arrangiert hatte, bekam ich plötzlich Angst, und darum telefonierte ich nachher ... Ich dachte, es könnte wirklich etwas zwischen Ihnen werden.«

»Möglich ...«, gab er zu.

Sie überlegte: »Bei ihr wäre das wohl eine sehr langwierige Geschichte ...«

»Und bei Ihnen?« Seine Stimme klang ruhig, dazu hatte er die Augen halb geschlossen.

»Bei mir?« Sie hielt inne. »Ich weiß es nicht ...«

Der Deutsche an der Bar sagte: »Die Pleite ist so groß, dass man wirklich keinen Grund mehr hat, sich aufzuregen.«

Marsa hob wieder an: »Ich hatte immer das Gefühl, Sie hätten irgendwo eine legitime Frau und ein paar Kinder herum ...«

»Sehe ich so aus?«

»Man weiß das nie ... Haben Sie eigentlich auch einen Vornamen?«

»Allerdings ... Ich heiße Stanislaus, man hat mich immer Stany genannt ... Meine Mutter nannte mich Peter ... Niemand wusste, warum.«

»Ich mag Stany ganz gern.«

»Na also«, sagte er und lachte.

Die beiden Herren waren von der Bar weggegangen, und der Barmann hatte eine Schallplatte aufgelegt. Sie hörten beide zu.

»Das ist Marlene Dietrich im ›Blauen Engel‹?«, fragte Marsa.

Er nickte: »Sie hat so etwas entzückend Gemeines im Ton ... Sie erinnert mich an eine reizende Berlinerin, für die ich eine große Passion hatte. Sie sagte mir eines Tages: ›im

Grunde bist du ein ganz kalter Hund!‹ sie sagte ›Hunt‹ – ›und ich möchte dir eine runterhauen!‹ Dabei lachte sie und war wunderhübsch. Ich fand das entzückend.«

»Warum fahren Sie denn nicht nach Berlin?«, sagte Marsa, »wenn Ihnen die jungen Mädchen von dort so viel Spaß machen?«

»Sind Sie eifersüchtig?«

»Sie ärgern mich!«

»Das habe ich mir schon lange gewünscht!«

Marsa zog ihre Hand zurück: »Ich glaube, Sie bekommen den Größenwahn«, erklärte sie gelassen. Darauf: »Sind Sie eigentlich sehr reich?«

Er zog die Augenbrauen hoch: »Sie sind entzückend ...« Er lachte mit dem ganzen Gesicht.

Sie hatte plötzlich einen ganz ernsthaften Ausdruck: »Ich habe mir ja eigentlich nie vorgestellt, dass Sie trotz Ihrer schönen Automobile ein großes Vermögen besitzen!«

»Sie sind wirklich sehr klug.«

»Sie gehören nach meinem Gefühl zu den Menschen, die manchmal sehr viel und zuweilen nichts haben ...«

»Noch nie hat mich ein weibliches Wesen so wunderbar durchschaut«, gab er zu. »Sie sind eine große Psychologin. Jedenfalls wäre es Ihnen angenehmer, wenn ich augenblicklich sehr viel hätte, als wenn ich, wie diese beiden Herren an der Bar eben sagten, ›pleite‹ wäre.«

Marsa schöpfte einmal Atem, ehe sie lächelnd äußerte: »Es ist angenehm, mit klugen Menschen zu verkehren.«

»Da haben Sie Recht«, bestätigte er. »Die Dummheit ist das einzig Unheilbare. Aber nun?« Er sah sie fragend an.

»Nichts«, sagte sie. »Es tut mir manchmal wohl, solchen Unsinn zu reden. Sonst wäre diese Existenz zu traurig. Finden Sie nicht?«

»Aber sicher.« Er dachte: ›Dieses entzückende Mädel ist von einer wundervollen Gerissenheit.‹ »Sie werden es weit bringen im Leben.« Er hatte eine leise Bewunderung im Blick.

Sie schüttelte den Kopf: »In der Theorie ist man immer ganz rabiat, aber in der Praxis, da kriegt man dann Angst.«

Er sah sie an. Ihre Augen, die so klar aus ihrem jungen Gesicht leuchteten und zum Rot auf ihren Lippen und den gezeichneten Augenbrauen einen so seltsamen Kontrast bildeten, glänzten plötzlich in einem merkwürdig traurigen Schein. »Glauben Sie, dass ich Sie sehr gern haben könnte?« Seine Stimme klang so, als ob er sich diese merkwürdig neue Situation eben selbst überlegte.

»Das kann ich mir schon denken«, lachte sie, als ob alles, was sie eben gesprochen hatte, wieder ausgewischt wäre.

»Liebling«, sagte er nachdrücklich, »ich hätte vielleicht nach Spanien zu fahren ... und wenn ich es müsste, wäre mir das sehr unangenehm ...«

»Und wennschon ... Sie würden nicht ewig dortbleiben.«

»Man weiß nie ... Menschen wie ich stehen auf Flößen, die Katarakten zutreiben. Man muss die Zeit nützen ...«

Sie antwortete nicht.

Sie standen auf. Er hielt ihren Arm, während sie die Treppe in die Halle hinaufstiegen. Im dämmerigen Gang riss er sie plötzlich an sich und küsste sie. Sie schlug ihm ins Gesicht.

Sechstes Kapitel

Als Usi gegen zehn Uhr das Haus in der Avenue Suffren verließ, ging sie den Kai entlang bis zur Place de l'Alma. Sie hatte noch nicht gegessen, und wollte bei Francis eine Tasse Schokolade trinken ehe Fersen ankam.

Die Nacht war warm. Es war vier Tage vor Pfingsten. Sie ging hart an der Kaimauer, sah in den dunklen Raum des Flusses. Ein elektrischer Vorortzug fuhr unten vorbei und verschwand wie ein leuchtendes Band gegen den Pont de Passy.

Usi hatte begonnen, sich wegen Fersen zu quälen, und sie ärgerte sich darüber.

Es waren zwei Wochen vorbei seit jenem Frühstück im Armenonville. Er hatte ihr alle paar Tage, gewöhnlich spät abends, ein Rendezvous gegeben. Sie waren dann nach St. Germain oder nach dem Trianon in Versailles gefahren, hatten endlos gesprochen, als allerletzte Gäste bis nach Mitternacht auf der Hotelterrasse gesessen. Dann brachte er sie zurück, hielt den Wagen auf der anderen Seite des Boulevard de Grenelle neben dem nächtlich stillen Cirque d'Hiver an und versuchte zärtlich zu werden.

Sie nahm an, dass er dabei aufrichtig war. Er gefiel ihr auch. Aber sie war scheu. Ihr war es, als ob sie sich durch irgendwelche Konzessionen in seinen Augen entwerten würde.

Sie hatte eine seltsame Angst vor ihm, die sie müde machte. Er legte ihr den Arm und den Nacken, kam ihr nahe, als wollte er versuchen, sie zu küssen. Sie rückte dann von ihm ab. Er wurde darüber ärgerlich. Manchmal hatte er große Mühe, sich zu beherrschen. Aber immer war er zuletzt guter Laune.

Aber er strafte sie dann, indem er kein neues Rendezvous vereinbarte. Sie war zu stolz, um irgendetwas zu sagen, und grämte sich ein paar Tage, bis dann wieder ein Telegramm kam.

Sie litt. Sie gab sich Rechenschaft, dass das so nicht mehr lange dauern konnte. Und doch fühlte sie sich allein ohne ihn. Ihn zu verlieren wäre ihr schmerzlich gewesen.

Er hatte großen Charme, war interessant. Wenn er zuweilen mit ihr ganz unvermittelt deutsch sprach, hatte er den leicht singenden Tonfall der Balten.

Er war dabei ruhig, hatte Haltung und etwas von einem Grandseigneur ... Sie verspürte ein fast körperliches Behagen, mit ihm zusammen zu sein.

Heute war auch der Abend mit dem alten Herrn in der Avenue Suffren erträglich gewesen. Er hatte nicht gesprochen und die ganze Zeit in einer Art Dämmerzustand verbracht.

So hatte sie einen Band aus der Bibliothek genommen und zu lesen angefangen. Es war eine französische Übersetzung von Turgenjews »Erste Liebe«. Die Geschichte von dem jungen Menschen entzückte sie, aber merkwürdig, die Gegenwart des alten Herrn störte sie derart, dass sie nicht zu einem reinen Genuss kam. Es war, als ob von ihm ein sonderbares Fluidum ausströmte, das ihre Freude lähmte.

Sie war auch unruhig, da sie vor drei Tagen einen Brief an Mama geschrieben hatte. Sie hielt es für unmöglich, sich länger zu verstecken. Sie wusste nun nicht, was kommen würde.

Vielleicht erschien Mama. Vielleicht stand Philipp an einem der nächsten Morgen da.

Diese Ungewissheit quälte sie. Sie ging jetzt über die Brücke und setzte sich bei Francis auf die Terrasse.

Sie nahm den Fünfzigfrancschein, den ihr der Diener jeden Abend beim Weggehen übergab, aus dem Kuvert.

In diesem Augenblick hielt auch schon Fersens Wagen an. Sie sah ihn hinter dem Geländer der Metrostation vom Sitz gleiten. Dann kam er näher. Er lächelte von weitem. Er behandelte sie immer wie ein Kind, dem man Mut machen muss. Sie selbst war jetzt froh, ganz einfach froh, dass er da war.

»Habe ich Sie warten lassen?« Er legte ihr dabei zutraulich eine Hand auf den Arm. Es war ihr, als ob ihr nun wohl würde.

»Ich muss vielleicht nach Pfingsten ein paar Tage verreisen ...«, erklärte er. »Ich habe in Spanien zu tun ...«

»Schade«, sagte sie.

»Es ist kaum zu vermeiden«, er wurde nachdenklich, »man sollte sein eigener Herr sein ...«

Sie sann. Sie war bestürzt. Sie hatte so schöne Pläne gemacht. Sie war ja bescheiden geworden. Wenn sie jetzt tagsüber noch eine Beschäftigung gefunden hätte, die einigermaßen bezahlt gewesen wäre, hätte sie sich halten können. Und die Abendstunden, die sie alle paar Tage mit ihm verbrachte, wären dann die Ruhepunkte ihrer Existenz gewesen. Das, worauf man sich freut.

Und das schönste wäre gewesen, wenn er sie nicht bedrängt hätte, wenn sie mit ihm diese charmante Freundschaft hätte halten können. Da war die Klippe. Aber wenn man erst in ein ruhiges Wasser kommen würde, dann wäre sie vielleicht von Bestand. Dann gäbe es nur wenig Ursachen zu Konflikten.

Soweit war sie in ihren Gedanken, als er sagte: »Wissen Sie, was mein Wunsch wäre?«

Sie hielt den Atem an: »Was ist es?«

»Ich möchte mit Ihnen über Pfingsten ans Meer fahren!«

Sie fühlte, wie ihr Herz ungestüm klopfte: »Aber wie ist das möglich.«

»Können Sie sich nicht über die Feiertage von Ihrem alten Herrn frei machen?«, fragte er ruhig.

»Aber das ist es doch nicht«, wandte sie ein. Sie war ganz atemlos.

»Sind Sie jemandem Rechenschaft schuldig?« In seiner Stimme klang kein Vorwurf. Es war, als wollte er sich ganz einfach danach erkundigen.

Sie überlegte. Zum ersten Mal galt es, etwas zu entscheiden, was mit Philipp zu tun hatte. Sie wurde verlegen. Sie war nicht darauf vorbereitet gewesen, in diesem Augenblick zu erklären, ob jener noch Rechte an sie hatte.

»Wenn ich Sie richtig verstehe, würden Sie sich kompromittiert fühlen, wenn Sie allein mit mir wegführen ...«

»Könnten wir nicht Marsa mitnehmen?«, warf sie ein.

»Nein«, sagte er. »Ich möchte mit Ihnen allein sein.«

Er setzte hinzu: »Sie ist zu unruhig. Ich möchte mich ausruhen.«

»Ja«, gab sie zaghaft zu. Es kam ihr auch merkwürdig schön vor, zu baden, in der Sonne zu liegen, ein wenig glücklich zu sein. »Es ist nicht das, dass ich mich kompromittiert fühlen würde ...«

»Dann ist ja alles gut ... Denn Angst brauchen Sie weiter keine zu haben.« Sein Gesicht strahlte.

»Sicherlich nicht?«

»Ich verspreche es Ihnen ...«

»Ich habe nie daran gezweifelt, dass Sie ein Gentleman sind«, erklärte sie leise; »aber Marsa könnte es doch merkwürdig finden ...«

»Sie brauchen es ihr ja nicht zu erzählen ...«

»Allerdings nicht ...«

»Zudem will sie mit ihrer Mutter nach Cabourg gehen, und ich möchte Sie nach Dieppe bringen.«

Usi saß ganz ratlos da. Da war etwas Neues gekommen, das sie gar nicht erwartet hatte, das sie sich kaum vorstellen konnte.

»Wenn nur die Geschäfte etwas besser würden«, begann er wieder. Sie starrte ihn erstaunt an. Sie war so in einem Komplex von Gefühlen und Erwartungen, dass ihr das mit den Geschäften sonderbar, erstaunlich erschien.

»Haben Sie Sorgen?«

»Ja«, sagte er, »aber schließlich wird auch das vorbeigehen, wie alles vorbeigeht. Die Hauptsache ist nur, dass man dabei nicht krepiert. Denn das wäre schade, meinen Sie nicht?«

»Allerdings.«

»Das Leben ist trotz allem so wunderbar, wenn man es irgendwie zu genießen versteht. Aber das ist auch eine Begabung. Es gibt Menschen, die immer nur Trümmer herausfischen, als ob das ganze Dasein ein ewiger Schiffbruch wäre ... Spielen Sie Golf?«, fragte er unvermittelt.

»Ich habe in Zürich auf dem Dolder ein wenig gespielt, doch nur wie eine Anfängerin.«

»Ich kenn das Terrain, es ist klein, aber schön gelegen ... Ich wohnte im Sommer neunzehnhunderteinundzwanzig zwei Monate im Dolderhotel und hatte ein Zimmer im Turm. Ich kam am Morgen stundenlang nicht dazu, mich anzuziehen, weil ich immer am Fenster stand und Schläge der Spieler zählte ... Aber Sie haben keine Stöcke hier mit sich?«

Sie schüttelte den Kopf: »Wie ich von Zürich wegfuhr, habe ich nicht an Sport gedacht. Ich habe einen elektrischen Kocher eingepackt, auch mein Grammophon, das sind meine wichtigsten Haushaltungsgegenstände ...«

»Ihr Zimmer muss reizend sein.« Er sann.

»Es ist furchtbar einfach, ich könnte niemand dort empfangen«, sagte sie ängstlich.

Er lächelte: »Sie sind auf Ihren guten Ruf bedacht.«

»Keine Idee; aber es gibt Räume, wo es wirklich schwer ist, Menschen zu empfangen ... Ich muss morgen früh aufstehen. Wollen Sie mich nach Hause fahren?«

Sie saß neben ihm im Wagen. Er hatte seinen linken Arm um ihre Schulter gelegt – es war nun schon eine Gewohnheit –, lenkte mit dem rechten, und fuhr ganz langsam über die Brücke. Dann bog er nach rechts und fuhr im selben Tempo den Kai entlang.

»Sie versprechen mir, dass Sie für Pfingsten Wort halten?« Er hatte sich ein wenig an sie gelehnt, als ob er seinen Kopf auf ihre Schulter legen wollte.

Sie zögerte während einer Sekunde und erklärte darauf: »Ich verspreche es ...«

* * *

Es war nachmittags gegen drei in einem kleinen Rez-de-Chaussée der Rue de Lubeck. Fersen war eben angekommen, hatte die Jalousien des kleinen Salons etwas aufgemacht, war dann ins Schlafzimmer getreten, das ebenfalls ein Fenster auf die Straße hatte.

Trotzdem er im Hotel lebte, hatte er diese kleine Wohnung gemietet. Er kam dahin, wenn er allein sein wollte, wenn er eine intensive Arbeit zu bewältigen hatte; es war auch ein diskreter Ort, um seine Passionen zu empfangen.

Er wartete jetzt auf Marsa.

Er ging herum, begann die erste Ausgabe des »Intransigeant« zu lesen. Jetzt hörte er, wie sie am Fenster klopfte. Er sah ihre Silhouette verschwinden, und ging in den Gang, öffnete die Tür.

Sie stürmte herein, warf ihren Silberfuchs auf den Diwan: »Mir ist entsetzlich heiß ... Ich glaube, es ist mir jemand nachgegangen ...« Sie sah ihn herausfordernd, fast feindselig an.

»Und nun?«, fragte er, ohne sich zu rühren.

»Nichts.« Sie zuckte mit den Achseln. »Es wäre dir wohl auch gleichgültig gewesen.«

Er hatte sich in einen Fauteuil gesetzt: »Warum fühlst du dich gezwungen, mir gegenüber so aggressiv zu sein?«

»Ich weiß dafür keinen Grund, aber es ist nun einmal so ...«, gab sie zurück.

»Hast du mir etwas vorzuwerfen?«

»Ja ... dass du mich enttäuschst ...«, erklärte sie mit Entschlossenheit.

»Das ist kein Kompliment für mich«, erwiderte er ruhig. »Glaubst du, dass ich oder dass die Liebe überhaupt dich enttäuscht hat?«

»Dass du das Liebe nennst, ist wunderbar!«

Er starrte nachdenklich vor sich hin. Vor dem Hause hielt ein Taxi. Man hörte, wie die Wagentür zugeschlagen wurde, und dann sprach eine weibliche Stimme mit dem Chauffeur.

»Wie soll ich es denn nennen? Es könnte ja auch sein, dass du zu jung bist.«

»Ich bin wütend über mich selbst.«

»Das ist ein Zeichen, dass du einsiehst, wie kindisch du bist ...«, gab sie zurück.

»Ich halte dich auch jetzt noch für sehr klug, nur bist du wie eine junge Katze, der es eine Wollust ist, ihre Krallen zu zeigen.«

»Und stell dir vor, dass wir verheiratet wären«, sagte sie mit großen Augen, »ich würde dich unausstehlich finden.«

»Du siehst, dass das Schicksal es doch ganz gut mit uns meint. Du hast die Freiheit, ich die meine ...«

Er war aufgestanden und näher gekommen. Er wollte ihr ganz sanft ihren kleinen Hut vom Kopf ziehen.

Sie wich ihm aus. »Das ist wohl das einzige, worauf du Wert legst?«

»Meine Freiheit? Das ist ganz einfach eine Illusion.«

Sie verzog ihren Mund: »Du willst doch nicht sagen, dass du Dich an mich gebunden fühlst?«

»Warum nicht?«, erwiderte er leichthin; »aber eigentlich bin ich jetzt zu müde, um mich mit dir zu zanken. Das hat doch wirklich keinen Sinn. Aber es ist immer dasselbe: Wenn der Mann nett ist zu einer Frau, dann ist sie unausstehlich, und wenn sie nett ist ...«, er lachte, »aber das kommt nicht oft vor.«

Sie antwortete nicht, saß verdrossen da.

»Im Grunde ist es nur dein Stolz, der dich quält. Aber was hat der Stolz mit der Liebe zu tun? Das ist doch ihr Wesen, dass man alle Präsentationen verliert.«

»Und was werde ich in deiner Existenz gewesen sein? Ein kleines Ereignis ... das ist alles. Das demütigt mich. Ist das so unbegreiflich?«

»Aber die Liebe ist doch kein Geschäft aus Garantie und Sicherheiten. Ist das nicht das Wunderbare, dass eben alles auf unserem Gefühl steht?«

Er zog sie zu sich hoch: »Warum müssen wir immer denselben Kampf kämpfen, um zum selben Ziel zu kommen?«, sagte er leise, vorwurfsvoll?

Er küsste sie. Er fühlte, wie ihr ganzer Körper voll Widerstand war und zugleich wehrlos wurde.

Nachher lagen sie nebeneinander. Er hatte die Augen geschlossen. Sie sah zur Decke auf. Sie hatte vorher nie gesehen, dass diese Decke rosa getönt war. Dazu waren blaue Wolken hineingemalt. Sie dachte: »Eine tolle Idee!«

Sie horchte auf seinen Atem. Sie wusste nicht, ob er schlief. Aber er schlief nicht. Er sann. Er war eigentlich traurig, dass er jetzt, da es wieder vorbei war, so wenig mehr für sie fühlte. Und das war ihm schmerzlich.

Aber vielleicht war es auch nur Müdigkeit. Er hatte manchmal die Erfahrung gemacht, dass er zeitweilig für eine Frau ein großes Gefühl haben konnte, das dann wieder verschwand, periodisch wiederkam.

»Was ist mit dir?«, fragte sie. »Du bist seit ein paar Tagen so anders.«

Er drehte sich nach ihr um.

»Ist es wegen Geld?«

Er sagte mit einer Kopfbewegung: »Nein.« Darauf: »Dass ich reisen muss, ist das Unangenehme. Ich habe ein dummes Gefühl. Man weiß nie, was werden wird.«

»Fühlst du eine Gefahr?«

Er zuckte mit den Achseln.

Sie wollte nicht weiter fragen. Sie wusste ja so gar nichts über sein Leben. Das machte ihr Qual. Sie war dann nicht sicher, ob er nicht ein großer Abenteurer war, irgendetwas Merkwürdiges, von dem sie keine Ahnung hatte.

Sie schwiegen wieder, hörten auf die Geräusche der Straße, Tritte, die draußen vorbeigingen.

»Hör mal ...«, sagte sie, »willst du ganz aufrichtig zu mir sein?«

Er sah sie mit halboffenen Lidern an: »Was möchtest du wissen?«

»Sag mal ...«, sie zögerte; »du hast doch schon viele Frauen geliebt ...«

Er sah misstrauisch zu ihr hin. Es war ihm unklar, wo ihre Gedanken hinauswollten.

»Ich wollte dich nur fragen«, sie hatte plötzlich einen recht kindlichen Ausdruck, »ob es mit den anderen dasselbe war ... Ob das wirklich alles ist ...«

Er war konsterniert, dann legte er ihr den Arm um den Hals: »Du armes Kind ...«

»Ja, weißt du, man liest darüber so viel in den Büchern, in den Zeitungen steht alle Tage, dass sich Menschen deswegen umgebracht haben ... und ich finde es nicht schön ... auch macht es mich nicht glücklich ...«

Er hatte jetzt ein ernstes Gesicht: »Du fühlst dich betrogen?«

Sie nickte.

»Merkwürdig, es mag viele Frauen gegeben haben, die zu gewissen Zeiten dasselbe empfunden haben, nur sagten sie es nicht ...«

»Ach, weißt du«, meinte sie altklug, »wir Frauen bluffen gern ...« Und nach ein paar Atemzügen: »Ja, gibt es denn wirklich welche, die davon begeistert sind?«

»Er lachte: »Ja ... gewiss ...«

»Dann bin ich vielleicht etwas talentlos«, sagte sie und legte ihren Kopf in seinen Arm.

* * *

Der Zug hatte eben Arth-Goldau verlassen, als Philipp ein großes Kuvert aus seiner Ledertasche zog. Seine Sekretärin hatte es ihm in Zürich am Bahnhof noch überreicht. Es enthielt die Post vom Morgen. Er hatte am heutigen Abend in

Mailand eine Besprechung, war in der vorigen Nacht von München angekommen.

Philipp war zu müde zum Lesen. Was hatte auch das alles für einen Sinn? Er litt doppelt. Einmal unter der geschäftlich schlechten Konstellation, dann wühlte Usis Abwesenheit wie ein tiefer unbezähmbarer Gram in ihm.

Er war nur wenig mehr in Zürich gewesen, hatte sich jeder Gelegenheit bedient, um zu reisen. Er schloss die Augen. Neben ihm saßen zwei junge Leute im Bergkostüm mit schweren, genagelten Schuhen. Sie fuhren zu einer Tour auf den Galenstock.

Er hörte ihrem Gespräch zu. Er beneidete sie um diese Ruhe, mit der sie die kommende große Anstrengung erwogen. Es strömte von ihnen eine Atmosphäre gesunder Kraft aus.

Trotz allem fühlte er sich besser, als noch vor zwei Wochen. Die nächtliche Heimfahrt aus Paris war die größte Demütigung seines Lebens gewesen. Es war ihm, als wäre er an eine Mauer gerannt, die ihn zurückschlug, dass er mit blutender Stirn am Boden lag.

Was ihm Usi angetan hatte, kam ihm unerhört, unverzeihlich vor. Sie hatte ihn der Lächerlichkeit vor seinen Bekannten ausgesetzt. Die Erinnerung der burlesken Szene im Café Berri brannte ihm noch jetzt wie ein ätzendes Feuer im Blut.

Er konnte sich den ganzen Vorfall kaum erklären. Er hatte erst erwogen, ein Detektivbüro zu beauftragen, sie ausfindig zu machen. Dann hielt eine ganz persönliche Scham ihn davon ab.

Er musste es selbst ausfechten.

Für die Bekannten in Zürich war Usi auf Reisen. Das konnte noch ein paar Wochen dauern, einmal musste natürlich die Situation auch den anderen klar werden. Aber er konnte jetzt noch nicht so weit denken.

Der Zug fuhr den Vierwaldstätter See entlang. Durch die in die Felsen geschlagenen Lücken blinkte das Wasser, und auf den jenseitigen bewaldeten Unterwaldener Hängen lag das Morgenlicht.

Er empfand auch eine unendliche Müdigkeit im Gehirn. Es war, als wäre er nun ohne einen Augenblick der Ruhe in diese Qual eingespannt, deren Ende gar nicht abzusehen war.

Alles war so hoffnungslos.

Manchmal dachte er auch mit Schaudern daran, was geworden wäre, wenn er Herman Blacks Nachlass unter den jetzigen Umständen hätte liquidieren müssen. Vor einem Jahr hatte die ganze Welt noch ein ganz anderes Gesicht.

Dann sah er wieder Usi. Er hatte ein Foto von ihr zu Hause gefunden. Auf der Rückseite hatte sie geschrieben: »Sommer 1929.« Und darunter »Usi.« Die Unterschrift war sehr merkwürdig. Sie begann in der Mitte des kleinen Bildes und endete am unteren Rand. Dabei hatte sie doch nur drei Buchstaben zu schreiben.

Das Bild zeigte Usi im Badekostüm auf einer Wiese. Ihr Vater hatte sie wohl fotografiert. Sie stand da, hatte ihren Bademantel zurückgeschlagen und die linke Hand auf die Hüfte gesetzt. Das linke Knie etwas vorgebogen. Ihr Badeanzug, in der unteren Hälfte dunkel, ließ fast den ganzen Oberschenkel frei. Usi lachte mit dem ganzen Gesicht, und trug schief auf ihrem blonden Haar eine Baskenmütze.

Philipp starrte auf ihre Knie, auf ihre Brüste, die das helle, karierte Oberteil des Trikots sanft modellierte, wie auf etwas Schönes, Kostbares, das ihm gehörte und das ihm jetzt unrettbar verloren war. Das er für sein ganzes Leben vielleicht nie mehr besitzen würde. Tränen blinkten in seinen Augen. Ein durch das Mark rinnender Schauer schüttelte ihn.

Als er zur Ruhe gekommen war, nahm er wieder das Foto vor, betrachtete es mit einem zärtlichen, leuchtenden Blick. Da standen hinter Usis Gestalt drei Bäume. Zur Linken gingen im Hintergrund zwei Männer, in der Mitte waren Gestalten und Strandkörbe und dahinter das Meer. Eine Düne schien fern am Horizont aus dem Wasser aufzutauchen.

Das Foto war irgendwo bei Travemünde gemacht. Philipp war im August 1929 in Sevilla gewesen, wegen einer komplizierten Bewässerungsanlage, die finanziert werden sollte. Er stand eine diabolische Hitze aus, aber musste bei der Expertise zugegen sein.

Was hatte er nicht ausgehalten, doch es schien ihm leicht. Usi war auf dem Gut an der Ostsee, schrieb ihm jede Woche einen Brief. Als er das kleine Foto bekam, hatte er Herzklopfen vor Seligkeit ...

Der Zug hatte längst Altdorf passiert und fuhr jetzt langsamer bergan.

Er hörte wieder den beiden jungen Leuten zu, die in Göschenen aussteigen wollten.

Schließlich machte er sich daran, das gelbe Kuvert, das ihm Fräulein Grimm an den Zug gebracht hatte, zu öffnen. Auf dem ersten Brief fand er die Handschrift seiner Schwiegermutter.

Er erschrak. War irgendetwas geschehen? Er hatte ihr von Paris aus mitgeteilt, dass Usi ihre Reise nach Norddeutschland hätte verschieben müssen. Nichts weiter.

Sie schickte ihm ein kurzes Schreiben von Usi, worin diese nicht von ihm, Philipp, sprach und nur sagte, dass sie in Paris sei, um ein neues Leben anzufangen.

Der Ton war pathetisch und naiv. Sie äußerte auch, dass die Frauen von heute ihre Freiheit hätten, aber auch die volle Verantwortung für ihre Handlungen trügen.

Was für Philipp einzig interessant war und ihn sofort in den Zustand einer großen Erregung versetzte, war, dass er ihre Adresse des Boulevard de Grenelle fand. Seine Hände bebten, dass er nicht mehr sitzen konnte, sondern aufstand und ganz planlos durch den Zug irrte.

Siebentes Kapitel

Wie Fersen und Usi in Dieppe einfuhren, war es schon spät. Die Sonne war untergegangen, und das Meer leuchtete silbern unter dem aufgehenden Mond.

In den großen Hotels am Kai ging das Diner zu Ende. Aus den zu ebener Erde gelegenen Speisesälen kam das Klirren von Geschirr, das Summen von Stimmen.

Fersen hatte am Vormittag nach Zimmern zu telefonieren versucht ohne die Verbindung zu bekommen. So fuhren sie von Hotel zu Hotel. Es war kein Raum frei. Die Saison war bisher schlecht gewesen, aber für diese zwei Feiertage war alles besetzt. Eine große Anzahl Engländer waren von Newhaven herübergekommen.

Schließlich fanden sie in einem kleinen Hotel in der Nähe des Hafens ein Zimmer, wo Fersen Usi einlogierte. Er selber fuhr weiter auf die Suche.

Usis Zimmer ging auf eine kleine Gasse am Hafen. Es war heiß, und von unten kam ein Geruch von Fischen herauf. Gegenüber war eine schwarze Wand. Aus einer Kneipe nebenan tönte Gesang.

Als Fersen nach einer Viertelstunde wiederkam, war er sehr vergnügt. Er hatte im Städtchen selber ein Zimmer für die Nacht gefunden. Aber – und deshalb war er so froh – man hatte ihn darauf aufmerksam gemacht, dass jenseits der Anhöhe eine kleine Bucht sei, an der ein Dorf mit einem Luxushotel hart am Strande liege. Er hatte die Idee, am Morgen in aller Frühe hinzufahren.

Für den Augenblick schlenderten sie am Hafen und hatten Hunger. Sie fanden auch bald ein kleines Restaurant, wo es allerdings zu spät war, um etwas Warmes zu bekommen, aber es gab Austern und Hummer, Salat und Früchte. Dazu entdeckte Fersen auf der Karte einen Rheinwein, der, hier wenig getrunken, seit Jahren im Keller lag.

Sie setzten sich zu Tisch. Alles schien improvisiert und amüsant. Usi war entzückt.

Sie atmete auch erleichtert auf. Auf der ganzen Fahrt hatte er ihr das mit dem Hotel bange gemacht. Jetzt aber, da sie ganz getrennt wohnten, war sie selig.

Trotz ihrer Ehe hatte sie, wie ein junges Mädchen, noch das instinktive Misstrauen dem Mann gegenüber.

»Sie sind im Grunde ein merkwürdiges Wesen«, erklärte Fersen, als sie sich gegenüber saßen und auf das rotkarierte, ländliche Tischtuch sahen, auf die farbigen Teller, auf denen Sprüche gemalt waren.

Usi war dabei, zu entziffern: »La langue des femmes est leur épée. Elles ne la laissent pas rouiller au fourreau.«

Sie übersetzte unwillkürlich ins Deutsche: »Die Zunge ist der Degen der Frau, sie lässt ihn nicht in der Scheide rosten ... Wie amüsant«, sagte sie.

»Nun ja ...«, gab Fersen zu und lachte.

»Warum soll ich merkwürdig sein?«, kam sie auf Fersens Frage zurück.

»Sie sind im Grunde sehr scheu ...«

»Mag sein ... Mein Ideal wäre gewesen, in Paris ein Atelier zu haben und zu malen, zu musizieren ...«

»Haben Sie Talent?«

»Ich glaube nicht ... Am liebsten aber wäre ich als zwölfjähriges Mädel in eine englische Tanztruppe eingetreten. Mit einem Dutzend Girls zu leben, von Stadt zu Stadt zu ziehen und von einem Clergyman betreut zu werden, hätte ich herrlich gefunden ...«

Das Mädchen stellte jetzt eine Platte mit Austern auf den Tisch, die auf Eis lagen.

»Sie sind Ihrem Gefühl nach wohl sehr jung ...«

»Sie wollen sagen: kindisch?«

»Nein«, protestierte er schwach.

»Die meisten Männer haben keine Ahnung vom Wesen der Frau. Wenn ich als siebzehnjähriges Mädel ein paar Freundinnen auf das Gut eingeladen hatte und wir so tagelang wie die Wilden herumrasten, wie himmlisch haben wir uns dabei amüsiert. Und da war kein Mann dabei, keine hat an ein männliches Wesen gedacht, und wir waren wirklich glücklich, wie ich es später niemals mehr war ...«

»Das ist eine Temperamentsfrage ... Vielen jungen Geschöpfen genügt es, ein Grammophon, amerikanische Zigaretten und ein paar Bücher zu haben, anderen wieder nicht ...«

»Mit dem Mann fängt in den meisten Fällen irgendwie das Unglück in unserm Leben an. Man hat so herrlich geträumt, hat so große Pläne gemacht ... Ist der Wein gut?«, fügte sie hinzu. »Ich bin so durstig ...«

»Sie sind eine große Idealistin«, konstatierte er. Er verglich sie unwillkürlich mit Marsa, die bewusster, direkter war, mit weniger Hintergründen, eine ganz andere Rasse. Aber Usi hatte Atmosphäre. Etwas war um sie, das bezauberte. Gerade weil es ihr nicht daran lag, jede Situation sofort zu durchschauen. Sie ließ die Dinge von ferne herankommen, setzte sich eigentlich erst dann mit ihnen auseinander, wenn die Diskussion unvermeidlich war.

Vielleicht lag eine gewisse Hilflosigkeit darin.

»Ich finde Sie entzückend«, sagte er.

Sie zog nur etwas die Augenbrauen in die Höhe und lächelte matt: »Man ist so wenig glücklich im Leben – man sucht immer und findet nichts ... Ist das nicht traurig?«

Er lachte: »Sie haben schon recht. Man macht uns von Kindheit an einen großen Bluff vor, und dahinter steckt eigentlich nicht viel.«

Es war jetzt im kleinen Restaurant recht ruhig geworden. Sie waren noch die einzigen Gäste.

Das Mädchen hatte Erdbeeren auf den Tisch gestellt und Schlagsahne.

Usi hatte etwas davon gegessen. »Ich bin müde«, lächelte sie.

Auf dem Kai draußen lag das Licht von ein paar Gaslaternen, und an der Hafenmauer ragte ein schwarzes Schiff. Dort spielte jemand Ziehharmonika, manchmal fiel eine raue Stimme ein.

Sie hörten beide zu.

Als Fersen wieder aufsah, hatte sich Usi zurückgelehnt und die Augen geschlossen. War sie eingeschlafen?

* * *

Es war ein grauer, etwas gedämpfter Morgen, als Philipp, von den Champs-Elysées herkommend, den Pont Alexandre III überschritt und sich dem Marsfeld zuwandte.

Je mehr er jetzt der Entscheidung entgegenging, um so freier atmete er auf. Die Bewegung an sich tat ihm wohl. Er rechnete auch, Usi um diese ziemlich frühe Vormittagsstunde zu Hause zu finden. Den Plan, ihr nun plötzlich ganz unvorbereitet gegenüber zu stehen, hielt er für den besten.

Sie hatte so keine andere Möglichkeit, als seine Gegenwart wenigstens für ein paar Minuten zu ertragen. Ein Brief oder ein Telegramm hätte alles verderben können, ihr Zeit zur Überlegung, zur Sammlung gelassen.

Und doch fühlte er allmählich die Beklemmung wieder in jedem Atemzug. Wie er dann den Kai entlang, am Eiffelturm vorbei und gegen den Boulevard die Grenelle schritt, endlich vor der schmalen Tür eines Hotels dritten Ranges stand, sprang ihm die Erregung wie eine bebende Schwäche in die Knie.

Er trat in den Gang. Der Garçon war eben daran, die Steinfliesen zu waschen.

Philipp fragte nach Usi. Ja, sie wohnte hier, ob sie aber ausgegangen sei, wusste der Bursche nicht. Jedenfalls wies er Philipp den Weg. Er ging durch den halbdunklen Gang, sah zur Linken eine schmale Treppe, kam vor die Tür des Büros. Es war niemand da.

Er bekam jetzt ein dumpfes Brausen in den Ohren. Das Geräusch war so stark, dass ihn ein leichter Schwindel überfiel. Er musste sich an die Tür lehnen.

Da stand vor ihm ein offener Schreibtisch. Daneben eine Nähmaschine, und an der Wand hing ein Plakat. Links von der Tür hing ein rechteckiges Brett mit vielen Nummern und Haken. An einigen hingen Schlüssel.

Das waren wohl die Zimmer.

Philipp starrte zur Seite. Eine Tür war aufgegangen. Die Gestalt einer Frau stand darin. Er zog den Hut. Da sagte die dicke Frau: »Was wünschen Sie?«

»Wohnt hier nicht eine junge Dame, die Melusine Black heißt?«

»Gewiss ...«

»Könnte ich sie sprechen?«

Die Dicke sah auf das Brett: »Ist ausgegangen.«

»Ist das möglich, so früh? Es ist doch jetzt Sonntagmorgen ...« Er drückte ihr einen Fünffrancschein in die Hand.

»Maurice«, rief die andere in das Hinterzimmer, »ist Nummer Sechsundsechzig gestern nicht aufs Land gefahren?«

»Ja, bis Dienstag ...«

»Wen darf ich melden, wenn sie zurückkommt?«, fragte die Dicke jetzt freundlich.

»Ich bin ein Vetter von ihr ... Sie weiß genau Bescheid.« Er wandte sich zum Gehen. Dann drehte er sich um: »Dann langweilt sie sich also nicht, wenn sie sich schon so eingewöhnt hat.«

»O nein, ein Herr holt sie manchmal ab in einem wunderschönen Wagen, manchmal auch eine junge Dame ... Ich habe das Gefühl, dass sich Ihre Cousine bald verloben wird ...«

»Das ist möglich.« Philipp ging es heiß über die Stirn. »Ist der Verlobte ein Franzose?«

»Das wissen wir nicht. Er hält mit dem Wagen gegenüber an und hupt. Er sieht sehr gut aus, Ende Dreißig. Das Fräulein ist aber auch sehr hübsch, man sieht gleich die gute Familie.«

»Sie ist wohl auch mit diesem Herrn weggefahren?«, fragte Philipp. Er wusste eigentlich gar nicht mehr, was er sagte.

»Maurice«, rief sie wieder, »hat der Herr mit dem vernickelten Wagen das Fräulein geholt?«

»Nein, sie ist mit dem Handköfferchen weggegangen. Sie hat den Metro genommen.«

»Vielleicht hat er ihr in der Stadt irgendwo Rendezvous gegeben.« Die Dicke ging jetzt ans Telefon, das eben läutete.

Philipp hörte zu, dann sagte er: »Ich wollte sie überraschen, nun ist es eben nicht geglückt.«

»Nun, das können Sie auch am Dienstag tun; wenn Sie gegen fünf Uhr kommen, finden Sie sie sicher zu Hause.«

»Erwähnen Sie aber, bitte, bis dahin meinen Besuch nicht.«

»Ganz wie Sie wollen.« Sie begleitete ihn bis zur Tür.

Als Philipp wieder draußen stand, war er ganz ratlos. Der Gedanke, dass irgendein Mann im Spiel sein konnte, war ihm mondfern gewesen. Hatte sie schon in Zürich jemanden gekannt, der sie zur Flucht veranlasst hätte? Er sah wie von einem steilen Felsen in dunkles Wasser. Jetzt erst kam die Angst über ihn. Hatte er die vergangenen Jahre Usi überhaupt nicht gekannt?

Ein Geräusch weckte ihn auf. Er stand jetzt auf der Brücke, starrte, ohne einen Gedanken fassen zu können, in den Fluss, und über seinem Kopf dröhnte ein Zug des Metropolitain, der in der Station Grenelle einfuhr.

Wenn sie wenigstens da wäre, wenn er mit ihr reden könnte. Aber da waren nun zwei Feiertage vor ihm; endlos lang und voller Qualen.

* * *

Fersen fuhr gegen halb zehn vor um Usi abzuholen. Ihr Gepäck stand unten. Sie war schon früh draußen gewesen. Sie hatte schlecht geschlafen. Eine brütende Hitze lag im Zimmer. Nach zwei Uhr war sie geweckt worden vom Schiff von Newhaven, das am Kai ankam. Gegen drei Uhr fuhr der Zug vom Hafen ab.

Sie fuhren jetzt den Strand entlang, vor dem Kasino vorbei, die Anhöhe hinan, auf der sie zunächst das alte Schloss von Dieppe sahen. Längs der Straße waren Villen in Gärten. Als sie oben waren, kamen sie an einen Golfplatz, der sich zu beiden Seiten der Straße ausdehnte. Fersen hielt vor dem Klubhaus an und ließ sich erklären, dass eine »9 Holes

Course« auf der Seite des Meeres und eine solche von achtzehn Löchern auf der Landseite lag.

Die Spieler waren um diese Stunde noch spärlich. Ein Trupp von Caddies stand um die Automobile, die gleichzeitig angekommen waren.

Usi war im Wagen sitzen geblieben. Ein leiser Ostwind kam von der See her. Im Morgenlicht schimmerte rings das Gras olivgrün, und wenn es sich unter dem Wind bog, blinkte es silbern auf.

Sie fuhren weiter und kamen zum Westhang wo die Straße von weitem am Strand in die Bucht hinunterging. Sie sahen von weitem am Strand ein etwas flachgedrücktes aber weitläufiges Hotel. Als sie vorfuhren, fanden sie zur Rechten des Haupteinganges eine Art von Pergola. Aus den ringsherum gelegenen Villen kam man schon ins Bad.

Fersen fand im Westflügel Zimmer, die auf den Strand gingen.

Als Usi allein am Fenster stand, während ihr ein italienisch sprechendes Zimmermädchen ihren Handkoffer auspackte, war sie für ein paar Minuten so froh, wie sie es seit langen Zeiten nicht gewesen war. Mochte es die frische Luft sein, das in der Sonne leuchtende Wasser, das in der Ferne noch in einem leisen Dunst lag. Es war ihr, als sei sie erst sechzehn, auf ihrem Gut bei Scharbeutz an der Ostsee, da war der weiße Strand, die paar älteren Villen, da lief man im Gras, hatte die Beine von Disteln zerkratzt und schlief am Nachmittag im Buchenwald ... Und Papa hatte seine Jagd hinter Brunseck ...

Sie stand auf dem kleinen Holzbalkon, als Fersen im Badekostüm schon unten war.

Sie hatte durch den Garten des Hotels zu gehen, an der Bar vorbei. Am Strand war jetzt großes Geschrei. Sie gingen gleich ins Wasser.

Fersen war guter Laune, recht kameradschaftlich, und Usi war entzückt bei der Idee, dass das nun so bleiben könnte, dass nichts von Leidenschaft und Zärtlichkeit dazu käme, dass sie gute Freunde blieben und nichts weiter. Wie herrlich musste das sein.

Sie lagen nachher bis gegen ein Uhr in der Sonne. Je mehr der Mittag vorschritt, um so stiller wurde es. Schiffe zogen gegen Boulogne, lagen wie dunkle Fliegen auf dem Wasser, Rauchfahnen verblassten am Horizont.

»Ich habe nach dem Essen nach Paris zu telefonieren, und dann gehen wir zum Gold. Passt es Ihnen?«

»Aber ja ...« Usi war mit allem einverstanden.

Als sie in den Speisesaal kamen, war das Frühstück schon fast zu Ende. Ein italienischer Kellner – das ganze Personal schien aus Italien zu sein – zeigte ihnen die Karte.

Sie saßen an einem kleinen Tisch in einer Ecke. An fast allen Tischen wurde englisch gesprochen. Als sie von einer harten und wässerigen Melone aßen, kamen zwei Herren mit Damen vorbei.

Fersen war aufgestanden und sprach ein paar Worte mit den Herren. Die Damen waren vorausgegangen.

»Das sind Leute vom ›Stock Exchange‹«, erklärte er.

Sie waren beide wohlig müde von der Sonne, das Essen war nicht gut, der Wein zu süß. Aber es störte sie eigentlich wenig. Sie tranken den schwarzen Kaffee im großen Salon des Hotels. Die Gesellschaft war zahlreich, aber es waren nur wenig Franzosen dabei. Die Londoner Börse schien sich hier während der Feiertage niedergelassen zu haben.

Sie fuhren nachher zum Golfplatz hinauf. Fersen konnte keinen Partner finden. So engagierte er einen der Professionals. Usi hatte sich ein Paar Schuhe mit flachen

Absätzen angezogen, und es wurde beschlossen, dass sie sich das Match ansehen dürfte.

Der Professional, ein älterer Schotte mit einem gutmütigen, bärtigen Hundegesicht, tat am Tee den ersten Schlag. Dann folgte Fersen. Usi empfand sofort, dass ihre Gegenwart ihn nervös machte.

Wie umständlich er den Ball auflegte, dann ein paar Probeswings ausführte und sich in Positur stellte. Dann mit einer unwahrscheinlichen Schnelligkeit schlug.

Er toppte den Ball, der auf fünfzig Meter Distanz ins Gras rollte.

Fersen war ärgerlich. Sie hatte den Eindruck, dass er etwas ganz Außerordentliches hatte zeigen wollen, und es war nicht gelungen. Er sagte: »Wissen Sie, warum das Golfspiel so passionierend ist? Der enervierendste Sport? Weil man bei keinem anderen so furchtbar lächerlich sein kann ...«

Man hatte Schwierigkeiten, seinen Ball zu finden. Fersten toppte ihn ein zweites Mal dazu slicte er ihn so, dass er in einer ziemlichen Kurve nach rechts abging.

»Keep your eyes on the ball ...«, sagte der Schotte. Fersen erzählte Usi eine Geschichte, die er in Deauville erlebt hatte. Er spielte dort mit einem englischen Aviatiker, der zwei reizende Damen mitgebracht hatte. Am Abschlagplatz, direkt neben den Tischen, wo alle Welt Tee trinkt, hatte er das Match zu beginnen. Er schlug so stark, dass er den linken Arm anzog und der Stock über den Ball wegging, ohne ihn zu berühren. Der junge Herr wurde totenblass. Man glaubte, er falle in Ohnmacht.

»So ungefähr spiele ich heute«, schloss Fersen und lachte. »Man muss einer Frau nicht imponieren wollen, das geht immer schief ...«

Usi hatte jetzt das bestimmte Gefühl, dass mit diesem Spiel seine ganze Stimmung verdorben werden könnte. Sie sagte: »Ich möchte mich eigentlich lieber in die Sonne setzen und etwas lesen ...«

»Es langweilt Sie?«, fragte er und war zugleich dankbar.

So ging sie zurück. Sie fand im Klubhaus eine alte Nummer der »Saturday Evening Post« und begann einen recht kindlichen Roman zu lesen ...

Sie dachte jetzt auch an Philipp. Aber nur wie an etwas ganz Fernes. Er würde wohl sehr böse sein. Sie hatte sich ja auch vom menschlichen Standpunkt aus sehr übel benommen. Sie hätte ihm doch, so dachte sie jetzt, die Sache in guter Form ankündigen können. Sie hätten sich freundschaftlich getrennt oder wären in großem Zorn geschieden, aber jedenfalls hätte sie ihn nicht so üblen Überraschungen ausgesetzt.

Jeder Mensch konnte schließlich nur seiner Natur gemäß handeln, und Philipp hatte eben alles getan, was ihm möglich war. Mehr war auch nicht von ihm zu verlangen.

Fersen war so anders. Er hatte Autorität. Philipp stand immer mitten in den Dingen drin.

Und doch stand ihm das Heftige, das Kämpferische, das in seinem Charakter lag, ganz gut. Eines Tages war sie aus Berlin zurückgekommen. Das war im Herbst 1928 gewesen. Papa hatte damals eine große Beteiligung in Kunstseide genommen und war darüber sehr froh. Er war auch in guter Gesellschaft. Es waren erste Leute aus Lyon dabei, auch eine Gruppe von Pariser Parfümeuren.

Philipp kam fast zur selben Zeit aus London zurück. Er hatte dort mit Sam Reynolds gesprochen, der außerordentlich pessimistisch war. Er hatte ihm die Progression in der Weltpolitik vorgerechnet und bewiesen, wie rasch ein

Rückschlag kommen müsse, vorausgesetzt, dass Indien und China nicht zur Ruhe kämen, der Osten nicht aufgeschlossen werden könnte.

Usi gab sich jetzt Rechenschaft, dass sie sich in solchen Momenten recht kindisch benommen hatte. Ihr war jede Opposition gegen Papas Ideen einfach unsinnig, lächerlich.

Sie tat Philipps Meinung mit einem raschen Wort ab. Er war darüber in eine solche Aufregung geraten, dass er am ganzen Körper zitterte. Er musste sich in einen Fauteuil setzen. Er hielt mit beiden Händen die Lehnen. Tränen der Wut rannen ihm über das Gesicht.

Wenn sie an solche Augenblicke dachte, fühlte sie sich ihm wieder näher. Schließlich hatte er Recht behalten. Papa war natürlich durch Dinge gestürzt worden, die er nicht von vornherein in seine Berechnungen hätte einbeziehen können. Wer hätte auch die Wendung der Neuyorker Börse vorausgesehen?

Das war gewiss jenseits von aller Vernunft. Wo Panik herrschte, war ja menschliche Voraussicht umsonst.

Aber das war jetzt alles nicht mehr zu ändern.

Usi dachte auch an ihren Brief an Mama. Bei ihrer Rückkehr nach Paris würde sie wohl ein Schreiben von ihr vorfinden. Das Schlimmste wäre, wenn weder sie noch Philipp überhaupt reagierten. Man wollte vielleicht versuchen, sie in Paris erst müde werden zu lassen.

Bei Fersen waren ganz andere Voraussetzungen vorhanden. Ein Rhythmus war in ihm, der mehr dem ihren entsprach. Manchmal war sie selig, nur neben ihm sitzen zu können, kein Wort zu reden, einfach still zu sein. Philipp gegenüber hatte sie bisher nie etwas Ähnliches empfunden.

Doch wie ungewiss sah alles schließlich doch aus.

Darin war Fersen Papa ähnlich, dass bei ihm vieles wie in der Luft stand. Dass man einfach an ihn glauben musste. Papas Talent war das der langfristigen Unternehmungen. Wie vieles war nach seinem Tod wieder aufgenommen worden und wurde jetzt einem Riesenerfolg zugeführt. Wenn sie nur an das neue System der Verflüssigung der Kohle dachte.

Papa war auch bezaubernd, wenn er überhaupt von Geld sprach. Er sah die Weltzirkulation des Geldes aus großer Höhe. Da war er ganz anders, als alle die Wechsler und Händler, die immer nur den Augenblick eskomptierten. Wie Kräfte, die nach logischen Regeln in einem Körper strömten, so kam ihm dieser Kreislauf vor. Ja, er sah weit voraus. Manchmal war er natürlich auch melancholisch. Dann verglich er alles mit einem Pokerspiel, in dem das Geld am Tisch zu jeder Nachtstunde in einer anderen Hand war. Man musste es nur dann haben, wenn das Spiel gestoppt wurde. Darauf kam es an. Da waren Risiken. Aber gerade das war das Dämonische, Aufregende an der Sache.

Wie oft hatte Papa mit ihr über solche Fragen gesprochen, und ihr war dann, als ob er überhaupt nie eine Antwort von ihr erwartete. Nur die Tatsache, dass er sprach, dass er jemand vor sich hatte, zu dem er reden konnte, ganz offen reden konnte, diente ihm zu seiner eigenen Klärung. Es war, als ob er an eine Wand schrieb, und es dann, um eine Übersicht zu haben, aus einiger Distanz betrachtete.

Was für eine Verwirrung, was für eine Leere hatte doch sein Tod in ihr gelassen. Dann hatte sie noch Wochen später, wenn sie daran dachte, plötzlich aufgeschrien, als ob sie unter einem unerträglichen körperlichen Schmerz zusammenzuckte.

Und war nicht von dem allen auch etwas in ihr? Diese ganze Sehnsucht nach dem Großen, Wunderbaren, das alle ganz gigantischen Dinge, eher mit dem Instinkt, als mit dem

Verstand erfassen wollte. Kam nicht daher ihre Liebe zum Ungewissen, Mysteriösen?

Wurde sie nicht deswegen von Fersen angezogen? War er da nicht irgendwie in einem Punkt Papa ähnlich?

Doch das konnte von ihr aus auch nur eine Vermutung sein. Denn in Wirklichkeit wusste sie nichts über ihn.

Aber war heute ein Tag, wo sie über dies alles zu entscheiden hatte?

War es nicht wunderbar, dass sie jetzt in der Sonne sitzen konnte, dass ihr gegeben war, während dieser Stunde glücklich zu sein?

Ein dunkles, schmales Schiff kam jetzt von Westen her. Ein Herr stand da und verfolgte es mit dem Fernglas.

»Es ist ein Torpedobootzerstörer«, sagte er, »er kommt von Cherbourg.«

Sie dachte: »Was hat ein Torpedobootzerstörer an diesem Sonntag, in diesem Frieden zu tun?«

* * *

Sie waren erst gegen halb acht vom Golf zurückgekommen. Fersen hatte ein Bad genommen. Usi hörte ihn, während sie sich anzog, wohl während einer Stunde im Badezimmer rumoren.

Dann hatten sie gegen neun Uhr gegessen und gingen jetzt auf dem Kai spazieren. Usi trug ein weißes Abendkleid mit einem blauen Jäckchen. Sie sah reizend, wie siebzehn aus.

»Ich bin unruhig«, sagte er. »Ich habe heute Abend ein Telegramm aus Paris erwartet ...«

»Ärmster«, sagte sie, »ich habe seit langem immer nur von Geschäften gehört, welche Tortur ...«

Er machte eine vage Handbewegung.

Sie hatte den deutlichen Eindruck, dass er Kummer hatte. Sie hätte ihn jetzt trösten, sein von der Sonne braunes Gesicht in beiden Hände nehmen wollen. Sie hatte auch das Gefühl, dass er ihr irgendetwas sagen, sie in seine Sorge hätte einweihen sollen. Das hätte ihn erleichtern können.

Aber er sprach nicht. Er hielt nur sanft ihren Arm, und die Wärme seiner Hand floss auf ihre Haut über. Sie waren nun ans Ende der Kaimauer gekommen. Da war es still, da fingen die Felder an.

Während sie umkehrten, zog er sie plötzlich an sich. Das Blut schlug ihr ins Gesicht und das Herz klopfte ihr in den Schläfen, sie zitterte am ganzen Leibe.

Wie sie in der Nacht erwachte, erschrak sie, als sie neben ihm lag. Ganz allmählich vermochte sie ihre Gedanken zu ordnen. Sie bereute nichts, wirklich nichts. Sie kam sich heroisch vor. Etwas Wunderbares war in ihr Leben gekommen. Sie hatte nun ein Schicksal. Und doch hatte sie Angst.

Während sie nach ihm sah, war ihr, als ob er nicht schliefe.

Da drehte er auch den Kopf und griff nach ihrer Schulter. Er nahm sie in seinen Arm und küsste sie, dass ihr war, als ob sie davon sterben müsste.

Dann dämmerten sie wieder beide im leichten Halbschlaf. Durch das offene Fenster kam das bleiche Licht des Morgens. Ein Wagen fuhr unten vorbei. Milchkessel wurden abgeladen und klirrten.

Sie wurde wieder wach. Draußen tönte im blassen Morgen Vogelgezwitscher. Es setzte aus. Begann wieder.

* * *

Den Nachmittag verbrachten sie ruhig am Strand. Sie lagen schweigend in der Sonne, starrten nach den Schiffen, die fern auf der See wie schwarze Striche am Horizont standen. Es war Ebbe, Kinder liefen unten am Wasser. Pferde galoppierten auf dem Sand vorbei. Dann war es wieder still.

Usi war glücklich. Sie lebten nun schon so sehr in ihrer besonderen Atmosphäre, dass sie kaum mehr zu reden brauchten. Die Gegenwart allein gab ihnen ein Gefühl von Ruhe.

Er legte manchmal seine Hand auf ihren Arm, als müsste er, während er im Halbschlaf dalag fühlen, dass sie noch da war.

Einmal sagte er: »Wenn wir noch ein paar Tage hierbleiben könnten ...«

Später fragte er unvermittelt: »Wie ist es mit deinem Mann?«

»Ich habe keine Nachricht«, antwortete sie schläfrig.

Nach einer Weile fuhr er fort: »Was hat euch eigentlich getrennt?«

Sie öffnete die Augen: »Es hing mit Papas Tod zusammen ...«

Fersen drehte sich, stützte den rechten Arm auf: »Er starb sehr jung. Ein Unfall?«

Usi schluckte einmal, bekam einen leeren Blick: »Papa hat sich erschossen ...«

»Entschuldige«, stammelte er. Er war sehr erschrocken.

Nach ein paar Augenblicken erklärte sie: »Ich habe noch nie in meinem Leben mit einem Menschen darüber gesprochen.«

»Ich habe es selbst lange Zeit nicht gewusst«, fuhr sie fort. »Mama hatte es mir verheimlicht ... Die Zeitungen schrieben, er sei an einem Herzkrampf gestorben ...«

»Und dein Mann?«

»Er auch ... Das ist auch einer der Gründe unserer Trennung. Sobald ich es erfuhr, konnte ich nicht mehr mit ihm leben ...«

»Wie erfuhrst du es denn?«

»Durch Dokumente einer Versicherungsgesellschaft, die ich zufällig in Akten fand.«

»Vielleicht verheimlichte er dir das aus reiner Menschlichkeit ...«

»Mir ist, als hätte er andere Gründe gehabt.«

Auf Fersens Gesicht zeichnete sich eine große Verblüffung: »Wie meinst du das?«

»Ich hatte das Gefühl, als sei er an Papas Tod irgendwie beteiligt gewesen ...«

»Nicht möglich ... Du denkst doch nicht ...«

»O nein, ich denke mir, dass sich Papa ganz allein in seiner Verzweiflung erschossen hat, dass Philipp aber an dieser Verzweiflung Schuld war ...«

Sie schwiegen beide.

»Aber sind das im Grunde nicht alles Hypothesen?«

Usi antwortete nicht. Darauf: »Ich möchte jetzt von all dem Schweren loskommen.«

Er verstand, dass es ihr peinlich war, davon zu reden. Sie hatte in dieser Stunde nur einen Drang, sich an das neue Glück zu klammern. Ihr war, als hätte sie erst jetzt eine leise Ahnung davon, was Liebe sein konnte. Sie war bescheiden geworden. Es mochte ja nur ein Anfang sein, aber sie wollte ihn zu etwas Herrlichem ausbauen. Sie wollte dafür kämpfen mit der Kraft ihrer ganzen Seele.

Sie hörten aus dem Garten das Orchester, das zum Tee spielte. Sie gingen hinauf, zogen sich an. Fuhren dann vor dem Essen gen Westen durch kleine, kokette Dörfer, die zumeist aus Sommervillen bestanden und in Gärten hinter hohen Buchsbaumhecken versteckt waren. Wie Liebesnester muteten sie an. Trotz des Sonntags war es überall recht still.

Am Abend kamen sie erst spät zu Tisch. Usi war stolz, dass man rings aufsah, als sie eintraten. Sie war gar nicht eifersüchtig, dass die Frauen ihn ansahen. Er sah auch gut aus. So ruhig, gelassen, wie jemand, der gewohnt ist, zu herrschen.

Dabei lächelte er ihr zu wie einem kleinen Mädchen. Ihr Herz tat ihr weh vor Erregung ... vor Seligkeit.

Achtes Kapitel

Es kam Usi unerhört und schreckhaft vor, wie Philipp auf einmal im Zimmer stand. Sie hatte klopfen hören, und da sie vermutete, dass es ein Telegramm von Fersen sei, hatte sie geantwortet.

Sie war so verlegen, dass sich ihre Kehle wie unter einem Krampf zuschnürte.

Er rührte sich erst nicht, er schien selbst zu erregt zu sein, um ein Wort zu sagen.

»Du hast mich nicht erwartet?«, kam es ruckweise.

Sie war unfähig zu antworten. Er begann wieder, gereizter: »Ich störe dich wohl ...?«

Sie musste sich setzen. Sie legte die Hände in den Schoß. Sie saß da wie ein Kind, das etwas Hässliches begangen hat und jetzt gescholten wird.

»Aber sprich doch endlich ein Wort, ich habe doch wohl ein Recht, um Aufklärung zu bitten.« Er sprach laut, erregt und hatte selbst das Gefühl, dass er anderes, Treffenderes sagen sollte, dass er dann leiser reden könnte. Aber er war zu hilflos.

Sie sah zum Fenster hinüber, hatte jetzt beide Hände auf den Diwan aufgestützt, auf dem sie saß. Ihr Mund bewegte sich, aber von ihren Lippen kam kein Laut.

»Hat sich je ein menschliches Wesen so wahnsinnig benommen wie du? Kann man sich vorstellen, dass jemand weniger Verantwortungsgefühl haben könnte? Habe ich das verdient? Habe ich nicht für dich und deine Mutter wie ein Tier gearbeitet, um etwas aus dem Krach herauszubringen? Bin ich an der Katastrophe schuld gewesen? Dafür setzt du mich der blödesten Lächerlichkeit aus, hast nicht einmal den Mut einzugestehen, was du vorhast, läufst in Nacht und

Nebel weg, und glaubst dabei noch eine heroische Handlung zu begehen ... Speist deine Mutter mit Phrasen von der Freiheit und dem Verantwortungsgefühl der heutigen Frauen ab, als hättest du eine Idee, was Verantwortungsgefühl ist ... Flüchtest dich nach Paris, als ob du wüsstest, was diese Stadt ist, in der Millionen mit ihren Illusionen verbrannt, verkommen sind.«

»Ich will doch hier arbeiten«, protestierte sie.

»Du willst arbeiten ... Das ist wieder eine Phrase ... Hast du je geahnt, was in Paris Arbeit ist? Du bist mit deinem Vater hierhergekommen, hast auf großem Fuß gelebt, bist in elegante Läden gegangen und hast in großen Restaurants gegessen, und nie daran gedacht, wie jämmerlich die schuften müssen, die dich bedient haben. Und du willst nun in ganz irrsinniger Romantik plötzlich in diese Klasse einrangieren. Du wirst begreifen lernen, was für ein Unterschied es ist, nach Paris zu kommen, um Geld zu verschleudern oder solches zu verdienen. Du wirst erfahren, wie hart, wie bitter das für ein Wesen wie dich, das nie etwas getan, nie etwas gelernt hat ...« Er war außer sich, ging jetzt immer vom Fenster bis zur Tür, gestikulierte. Sie sah ihn entsetzt an: »Aber ich bitte dich, schrei doch nicht so ... Du wirst das ganze Hotel alarmieren, du wirst mich hier unmöglich machen ... Und wofür? Das hat doch alles gar keinen Sinn ...«

»Das hat keinen Sinn?« Es klang knapp, drohend.

»Ich kann dir sagen«, sie sprach langsam, »dass ich eine Beschäftigung habe, die mir fast so viel einbringt, wie ich zum Leben brauche.« Sie brach ab, war froh, dass sie etwas Positives, Unbestreitbares gesagt hatte.

»Ich bezweifle, dass deine Beschäftigung sehr seriös ist, denn sonst könntest du nicht um fünf Uhr nachmittags zu Hause sein, um dich auszuruhen ...« Er wartete auf eine

Antwort. Usi schwieg. Sie starrte wie ein eigensinniges kleines Mädchen vor sich hin.

»Du hast mir nichts zu sagen?«

Sie schüttelte den Kopf.

»Du findest es sonderbar, dass ich mich dafür interessiere? Nun, du trägst trotz alledem noch meinen Namen! Wenigstens steht er noch in deinem Pass, wenn du auch keinen Wert darauf legst, dich in Hotels so im Fremdenbuch einzutragen, was dir bald eine Polizeistrafe zuziehen dürfte. Wenn du heute auf der Straße überfahren würdest oder dir sonst ein Malheur zustieße, käme mein Namen in die Zeitungen, würden sich alle unsere Bekannten den Kopf halten und nicht begreifen, warum du in Paris in einem Hotel vierten Ranges lebst, während ich ihnen sagte, dass du bei deiner Mutter bist ...«

»Warum hast du nicht den Mut, die Wahrheit zu sagen?«

»Weil ich ein vernünftiger Mensch bin, weil ich dich nicht vor allen Leuten blamieren will.«

»Eine solche Eskapade, auf die du stolz bist, ist doch nicht ernst zu nehmen.« Er schöpfte Atem. »Und wenn du schon weg wolltest, warum hast du es nicht schon vorher getan? Warum gerade in jener Nacht ...«

»Weil ich nicht anders konnte ...«

Er hatte sich auf einen Stuhl gesetzt, hielt sich den Kopf: »Barmherziger Himmel, weil du nicht anders konntest ... Vielleicht wurde dieser Entschluss auch nicht von dir allein gefasst ...«

Sie sah ihn aufmerksam an: »Wie meinst du das?«

Er hob den Blick: »Wer ist der Herr mit dem vernickelten Automobil?«

Ihre Augen wurden groß: »Was soll das heißen?«

»Du weichst meiner Frage aus ...«

»Ich habe keinen Grund ...« Sie atmete mühsam. Der Schreck war ihr in die Knie gefahren.

»Wer ist es? Willst du seine Existenz leugnen?«

»Keineswegs ... Das ist ein Herr, der mit Damen die ich kenne, seit Jahren befreundet ist. Und was ist dabei?«

Nun war er verdutzt. Er schwieg.

Sie versuchte einen versöhnlichen Ton. »Lass mich in Frieden, es ist besser so ...«

Er fuhr auf: »Warum?«

»Wir sind doch nie zusammen recht glücklich gewesen«, erklärte sie sanft.

Seine Augenlider senkten sich, sein Kopf neigte sich nach vorn. Es war, als ob er einen Schlag ins Genick bekommen hätte. Er sagte nichts. Dann auf einmal mit fast heiserer Stimme: »Ich habe das, was du im Brief an deine Mutter sagtest, nicht verstanden ... das vom Tod deines Vaters ...«

»In welchem Brief?«

»Im Brief, den du vor deiner Abreise zerrissen hast ...«

Sie war perplex: »Du hast diesen Brief gefunden?«

»Darum war ich am anderen Tag in Paris ...«

Sie sannen beide nach.

»Nun, was hast du damit gemeint?«, hob er wieder an.

»Reden wir nicht davon ...«, bat sie.

Er bestand darauf: »Ich habe ein Recht, es zu wissen ... Du schriebst, dass du nach dem Tod deines Vaters nicht mehr mit mir leben konntest ...«

»Es kam später ...«

»Wieso später?«

Sie zuckte mit den Achseln. Ihr Gesicht war finster geworden.

»Aber sprich doch«, fuhr er auf.

»Lass es in Ruhe«, stammelte sie, »das ist doch alles vorbei ...«

»Ich will die Wahrheit wissen, ich will wissen, was du denkst ...« Er betonte jedes Wort.

»Ich hatte das Gefühl, dass du Papa nicht liebtest ...«, begann sie.

»Warum?«

»Du liebtest jedenfalls seine Art nicht ...«

»Wir haben doch nie irgendeinen ernstlichen Zwist gehabt ...«, äußerte er verwundert. »Ich zweifelte am Erfolg mancher seiner Operationen, das hat dich geärgert. Der Konflikt war aber zwischen uns beiden, und nicht zwischen ihm und mir ...«

Sie bat: »Da doch alles zwischen uns zu Ende ist ... Warum kannst du mir nicht die Wahrheit sagen?«

»Warum soll alles zu Ende sein?« Seine Lippen zuckten nervös. Sie sah zum ersten Mal, dass sich längs seiner Mundwinkel zwei harte, tiefe Falten eingezeichnet hatten.

»Solang ich glaubte, dass Papa an einem Herzkrampf gestorben sei, war mir alles klar. Als ich aber das andere erfuhr, habe ich nie glauben können, dass er ohne eine Zeile zu schreiben ... ohne ein Wort an mich zu schreiben ...« Sie kam nicht weiter, ihre Schultern zuckten, sie weinte wie ein Kind.

Er kam entsetzt auf sie zu: »Wie hast du es denn erfahren?«

Sie schluckte, wischte sich die Augen: »Aus Dokumenten der ›Phönix‹, die ich auf deinem Schreibtisch fand ...«

»Liebling«, sagte er, »konntest du nicht begreifen, dass deine Mutter und ich dir dies ersparen wollten?«

Die Flächen um ihren Mund wurden plötzlich hart: »Wann hast du ihn zum letzten Mal gesehen?«

»Am Abend um halb elf ... bevor er in sein Zimmer ging ...«

»Und du bist nachher nicht mehr in seinem Zimmer gewesen?«

»Nein ...«

Sie schwieg, überlegte: »Du hast ihn in der Nacht nicht mehr gesehen?«

»Nein ...«

»Ich habe immer geglaubt, dass du mehr darüber wüsstest, dass es Dinge gibt, die du verheimlichst ...«

»Aber ich habe doch gar keine Geheimnisse ...«

»Du warst doch zuletzt daran schuld ...«

»Ich?« Er riss die Augen auf.

»Du hast ihn doch in die Verzweiflung gebracht.«

»Wie kommst du auf diese Idee ... Wie kannst du das überhaupt nur vermuten? Ich habe zum allerletzten Mal noch unter seiner Zimmertür mit ihm gesprochen. Er war ruhig. Ich bin dann in mein Zimmer im vierten Stock gegangen ... Die Situation an sich konnte ich doch nicht ändern ...«

»Wenn du mich geliebt hättest ... hättest du ihm Mut gemacht ...«

»Wie stellst du dir das vor? Er hatte mich nach Frankfurt kommen lassen, um seine Lage zu prüfen. Wir haben eine Position nach der anderen vorgenommen, das war alles ...«

»Aber das war doch dein Triumph!«

»Das hatte aber mit dem Tatbestand nichts zu tun. Es war nur die Tatsache erwiesen, dass ich recht behalten hatte.«

»Das sage ich doch, du hast ihn wie ein Gegner beraten.«

»Das war doch die einzige Möglichkeit, um zur Klarheit zu kommen. Jeder Optimismus hätte ihn doch nur getäuscht.«

»Er muss sich von Gott und der Welt verlassen gefühlt haben ... das hat ihn umgebracht ... Du hast ihn gehasst.«

»Ich war eifersüchtig, weil ich mich um das Beste in dir betrogen fühlte.«

Sie schwieg.

»Glaubst du«, hob er wieder an, »dass er mich geliebt hat? Er konnte mir nicht verzeihen, dass du mir gehörtest ... Das war unser Schicksal.« Er lachte bitter. »Wenn er gewusst hätte, wie wenig du mir gehörtest ... wie wenig ...«, wiederholte er. »Wissen wir, an welchem Gram er gestorben ist? Stirbt man wegen Geld?«

Usi hatte beide Hände vor das Gesicht gelegt.

Er fuhr fort: »Das mit den Geschäften war vielleicht ein Zufall ... Könnte es nicht ein Vorwand gewesen sein?«

»Ich möchte jetzt, dass du gehst«, bat Usi leise.

Sie hörte, wie er die Tür hinter sich schloss.

* * *

Usi hatte nach Philipps Weggehen lange in einer merkwürdigen Lethargie dagesessen. Dann hörte sie eine Uhr schlagen. Es war sechs. Sie fuhr auf.

Als sie in der Wohnung der Avenue Suffren ankam, war der alte Herr ungeduldig. Er sagte nichts, aber er sah, wie sie eintrat, zur Uhr, die auf dem Kamin stand.

Er sah fahl aus. Seine Augen waren eingefallen, blinkten matt aus seinem gelben Teint. »Haben Sie gute Feiertage verbracht?« Er sah sie erwartend an, als ob er sie zum Sprechen ermuntern wollte.

»Ja«, sagte sie, »ich bin mit Bekannten weggefahren ...«

»Wie reizend.« Er sann. »Ich kann mich an eine solche Pfingstfahrt erinnern. Ich hatte ein Mädel kennengelernt ... Was sehen Sie mich so erschrocken an?«

»Es ist nichts, ich finde nur, dass der Vergleich, den Sie ziehen, nicht passend ist ...«

»Nehmen Sie es mir nicht übel«, bat er, »aber eine Pfingstfahrt ohne ein Abenteuer ist überhaupt keine Pfingstfahrt, denn von der Landschaft werden Sie doch nicht selig, oder?«

»Es kommt auf den Standpunkt an ...«

Er ließ sich nicht beirren: »Also ich hatte ein Mädel kennengelernt, und zwar so: Ich führte jeden Abend meinen Hund spazieren, und da sah ich oft gegen neun Uhr ein junges Wesen an der Metrohaltestelle bei der Militärschule stehen und warten. Jeden zweiten oder dritten Tag wartete sie auf ihren Freund, der nicht kam. Eines Abends fing ich ein Gespräch mit ihr an. Es war am Donnerstag vor Pfingsten. Ich lud sie zu einer Weekendpartie nach Houlgate ein. Sie protestierte, sie könne nicht weg ihrer Familie wegen, wegen ihrer Freunde ... Aber nach fünf Minuten sagte sie doch zu ... Na, ich erwartete sie also am Samstag ein Uhr dreißig am Bahnhof. Ich war sehr vergnügt, aber wie ich die Kleine mit ihrem Handköfferchen ankommen sah, da war plötzlich der ganze Rausch verflogen. Wenn sie nicht schon vor mir gestanden wäre, hätte ich die Flucht ergriffen. Was sollte ich, um Gottes willen, während zwei Tagen mit diesem Mädchen anfangen? Wir stiegen in den überfüllten Zug, und sie saß geduldig in einer Ecke, während ich bis Trouville Zigaretten rauchte.«

»Es kommt bei diesen Dingen auch auf das Alter an«, konstatierte Usi ernsthaft.

»Mag sein ...« Er sann. »Oh, damals war ich noch jünger ...«

»Und wie ging die Geschichte weiter?«

Er war ärgerlich: »Sie haben mir den Spaß verdorben ...«

»Ich bin gespannt, das Ende zu hören«, ermunterte sie ihn.

»Nun ... ich hatte in Lisieux eine Depesche aufgeben lassen und für den nächsten Morgen einen Freund bestellt. Dem hab ich sie abgetreten ... Wie finden Sie das?«

»Nicht schön ...«

»Jedenfalls ist sie mit dem anderen glücklicher geworden als mit mir ...«

»Das kann ich mir denken«, bestätigte sie.

»Sie sind nicht liebenswürdig«, replizierte er. »Es hat Frauen gegeben, die mit mir glücklich waren.«

Usi gab keine Antwort.

»Das scheint Ihnen unwahrscheinlich zu sein?«

»Es gibt so seltsame Frauen«, lächelte sie sanft. Sie fühlte sich heute unfähig, mit ihm zu diskutieren. Sie sah wieder Philipp, wie er zuletzt vor ihr stand, wie er das vom Vorwand gesagt hatte, wie er es für möglich hielt, dass Papa nicht wegen des Geldes gestorben sei, dass er vielleicht ebenso an Eifersucht gelitten hatte wie der andere, an einer abgründigen merkwürdigen Eifersucht, die sie eigentlich nicht verstand und von der sie immer gewusst hatte, dass sie da war. Manchmal hatte sie sich gedacht, dass er in ihr Mama und sich selber wiederfand, dass er sich vielleicht so an sie geschlossen hatte, weil er mit Mama nicht glücklich war. Wie unfasslich, mysteriös ihr das alles erschien ...

»Sie träumen?«, hörte sie den anderen sagen. »Sie denken wohl noch an die vergangenen Tage?«, lächelte er ein wenig schamlos.

Sie starrte ihn an, antwortete nicht.

»Ich habe nie ein weibliches Wesen gesehen, das einen so verächtlichen Blick hatte wie Sie«, sagte er.

»Sie ruinieren mir die Nerven ...«

»Wieso?«

»Das kann ich Ihnen nicht erklären, denn wenn das erklärbar wäre, würden Sie nicht mehr dasitzen, hätten Sie keinen Wert für mich ... Das begreifen Sie natürlich nicht, das hätte ich in Ihrem Alter auch noch nicht begriffen. Aber man kommt, wenn man begabt ist, von Stufe zu Stufe, immer tiefer ... schließlich ist man ganz das Opfer seiner Einbildungskraft ...«

»Was habe ich damit zu tun?« Ihre Stimme klang etwas heiser.

»Sie quälen mich«, sagte er nachdenklich.

»Wenn Ihnen das eine Wohltat ist«, erwiderte sie ruhig.

Er hatte plötzlich einen bösen Blick: »Das schmerzliche ist, dass Sie so fern, so indifferent sind ... Reden wir von anderem, ich habe heute ein paar Notizen von mir gefunden, die ich einst von einer Hochzeit bei den Kaffas machte.«

»Ist das interessant?«

»Von einer tollen Naivität ...«, er klärte er.

»Also etwas Schönes ... Ich liebe schöne, alte Volksgebräuche ...«

»Stellen Sie sich die größte Hütte des Dorfes vor, so eine Art Gemeindehaus, in der das Hochzeitsmahl gehalten wird. Den ganzen Tag hat das Fest gedauert, und in der Nacht bereiten die alten Frauen das Lager ...«

Usi sah ihn misstrauisch an.

»Nun, dieses Lager ist in einem Winkel des Raumes und bis zu Mannshöhe von Tüchern umhangen. Dahin bringt man nun die Braut. Man zieht sie aus, und sie wird von Kopf bis zu den Füße mit Butter eingeschmiert ...«

»Mit Butter?«

»Ja, das ist ihre Waffe im Kampf mit dem Mann. Sie muss schlüpfrig sein wie ein Aal, damit er sie nicht zu fassen bekommt ...«

»Merkwürdig«, sagte Usi, »und bei einem solchen Fest waren Sie dabei?«

»Allerdings ... Also wie weit sind wir? Die Braut ist mit Butter eingeschmiert und bekommt einen großen Kloß Butter auf den Kopf ...«

»Sonderbar.«

»Und nun wird der Bräutigam in den Verschlag gelassen, er springt sie wie ein Tiger an ...« Er hielt inne, aber Usi machte keine Miene, sich zu ärgern, sie sah melancholisch über ihn weg.

Aber der alte Herr triumphierte: »Doch das Amüsante kommt jetzt ... Während die ganze Gemeinde atemlos ist, sitzt auf einem hohen Gestühl, wie der Arbiter eines Tennismatches, eine Art Reporter, der den ganzen Vorgang sieht. Und er beschreibt ihn nun in allen Phasen und Peripethien, indes den anderen vor Erregung die Augen aus den Gesichtern treten ...«

»Ihre Geschichte ist ganz interessant ...«, erwiderte Usi matt.

Der alte Herr war enttäuscht, aber er gab es nicht auf: »Aber das Tollste ist«, seine Augen wurden klein und maliziös, stachen wie Nadeln, »dass der Brautführer mit Geschenken bereitsteht und dieselben Rechte hat ... verstehen Sie, und dass auch alle Freunde des Brautführers mit Geschenken bereitstehen und dieselben Rechte haben ... Können Sie sich das vorstellen? So geht die Braut herum, immer herum ...« Er begann den Atem zu verlieren, seine Kinnladen zitterten, Schaum trat ihm vor den Mund. Usi, die in ihrem Fauteuil vor ihm saß, hatte sich entsetzt zurückgelehnt, vor diesem Anblick der Konvulsion die Augen geschlossen, als sie seine Hände auf ihren Knien fühlte.

Sie schreckte auf, aber er hatte sie gefasst.

Er war stark. Es war, als sei plötzlich die spontane Kraft des Irrsinnigen in ihn gefahren. Sie versuchte, sich loszureißen, sah seine harten Augen über ihrem Gesicht, er suchte ihren Mund ... Sie wollte schreien, als er plötzlich aus ihren Armen zu Boden glitt. Sie ließ ihn fallen. Sein Kopf schlug dumpf auf. Sein Körper zuckte ein-, zweimal. Dann lag er still. Usi starrte ihn entsetzt an. Sie konnte kaum mehr stehen. Sie stürzte hinaus, kehrte aus dem Gang zurück und nahm ihre Handtasche. Er konnte tot sein. Es ekelte sie, ihn zu berühren.

Als sie unten war, ging sie langsam auf dem Kai. Ihre Füße schienen im Leeren zu schweben. Sie kam zur Brücke, glitt am Geländer entlang bis zur Stiege, die zur Ile des Cygnes führt. Sie ging die Stufen hinunter, setzt sich auf eine Bank. Zur Rechten war die Badeanstalt. Jenseits am Kai wurden aus einem Lastschiff Kohlen ausgeladen. Sie konnte von hier aus ihr Hotel, ihr Zimmerfenster sehen.

Man hatte ihn wohl jetzt schon gefunden. Wenn er tot war, würde nach der Polizei telefoniert werden. Sie konnte in Untersuchungshaft kommen.

Was für schreckliche Dinge. Und wie müde sie war. Sie hörte eine Turmuhr schlagen. Es war erst sieben.

Als sie ins Hotel zurückkam, sah sie Philipp auf dem Trottoir auf und ab gehen. Er kam auf sie zu. Sie fand, dass sein Gesicht mager geworden war. Seine Augen lagen tief.

»Ich muss heute Nacht nach London fahren«, sagte er. »ich wollte nicht gehen, ohne dir adieu zu sagen ...«

Sie nickte, versuchte zu lächeln.

»Du siehst schlecht aus«, er sah sie sorgenvoll an, »was ist mit dir, bist du krank?«

Sie schüttelte den Kopf.

»Du hast vielleicht kein Geld? Ich will dir welches da lassen ...«

Nein ... nein, auf keinen Fall«, stammelte sie.

»Ich bitte dich«, beteuerte er, »es ist nicht, um irgendeine Pression auf dich auszuüben, ich habe nur schreckliche Sorgen wegen dir ... Verstehst du?«

Sie sah ihn an. Sie dachte: ›Er sieht etwas eckig, bäurisch aus.‹ Aber es war etwas in seinem Blick, das sie nie gesehen hatte. Das Heftige, Zähe war weg. Er blickte wie ein guter, anhänglicher Hund.

»Willst du mit mir essen?«

Sie schüttelte wieder den Kopf.

»Wollen wir ein paar Schritte zusammen gehen?«

»Ich bin so müde ...«

»Können wir zu dir hinaufgehen?«

»Das ist nicht gut wegen des Hotels.«

»Aber ich bin doch schließlich noch dein Mann!«

Sie starrte ihn erstaunt an.

Er senkte den Blick.

»Gehen wir über die Brücke«, schlug sie vor.

»Ja, tun wir das«, stimmte er freudig bei, als ob da eine Hoffnung vor ihm aufleuchtete. Sie sagte nichts, sie dachte wieder, dass, wenn der andere an einem Herzschlag gestorben wäre, es wohl morgen in die Zeitungen käme. Was für ein Skandal. Die sensationssüchtigen Reporter würden Unrat wittern, und was könnte sie dazu sagen, wie könnte sie sich verteidigen? Und schließlich, wenn alles klar wäre, bliebe doch etwas an ihr haften, etwas Trübes, woraus man Schmutz und Gemeinheit herleiten könnte.

Jenseits der Brücke war, fast unter dem Viadukt der Stadtbahn, ein kleines Café, wo Tabak verkauft wurde.

Daneben war eine Autostation. Ein paar Chauffeure saßen da und tranken Bier.

Sie konnten kaum den Kai überqueren. Von beiden Seiten sausten Wagen mit großer Schnelligkeit vorbei.

»Setzen wir uns dort drüben ...«

Usi widersprach nicht. Sie setzten sich ins Café. Der Kellner kam heran.

»Ich verstehe dich jetzt besser«, hob Philipp an, »ich dachte erst, es wäre nur Laune und Ungezogenheit gewesen.«

Usi antwortete nichts. Sie nippte an einem Glas Vitel.

»Ich möchte dir Zeit lassen, dass du wieder zu dir kommen kannst.«

Sie bewegte den Kopf hin und her: »Es nützt nichts ... wir können nicht mehr zusammenleben ...«

Er zuckte zusammen, suchte dann seine Nerven zu beherrschen: »Das denkst du dir jetzt so ... Du kannst mir doch keinen Vorwurf machen, als dass ich dich geliebt habe ... dass ich vor Eifersucht krank war ...«

Sie zuckte nur mit den Achseln. »Ich dachte, du wärest auf Papa wegen seiner Geschäfte eifersüchtig ... aber sonst.«

»Es ist dir selbst nicht zum Bewusstsein gekommen, was zwischen euch war ... etwas, gegen das ich nicht ankommen konnte ...«

»Aber Papa hat kaum gegen dich gesprochen ...«, sie sann, als müsste sie sich Rechenschaft geben, als müsste sie vieles aus der Vergangenheit rekonstruieren.

»Er hat sich deinetwegen gegrämt, er konnte nicht ohne dich leben ... Es gibt auch Fälle, wo die Mutter auf die Schwiegertochter eifersüchtig ist ... Das sind die tiefsten Geheimnisse unserer Natur ...«

Sie drehte den Kopf, ihre Augen waren voll Erstaunen: »Aber kann man daran sterben?«

»Natürlich hatte er auch Spekulationen gemacht, die man nicht riskiert. Er hatte sie vor allem nicht nötig.«

»Wäre das im Herbst neunzehnhundertzwanzig mit Amerika nicht gekommen, so wäre er einer der reichsten Menschen in Europa geworden.«

»Allerdings, aber er hatte sich so festgelegt, wie kein Mann vom Fach sich festlegen kann. Er war doch hochintelligent und verstand, was Geldgeschäfte sind. Er war kein Amateur ...«

Usi tat es wohl, dass Philipp so redete, dass er dem anderen Gerechtigkeit zollte: »Wir können ja in Frieden auseinandergehen ...«

»Aber warum müssen wir uns denn trennen?«

»Es ist nötig.«

»Ich will dich hier lassen. Ich will dir alles Geld geben, was du brauchst. Du kannst dich erholen, du kannst ...« Er stockte, es war ihm eine unendliche Mühe zu reden: »Und wenn du eines Tages zurückkommen willst ... wenn nicht ...« Er hatte den Kopf aufgestützt, er konnte nicht weiterkommen.

Zum ersten Mal in ihrem Leben tat er ihr leid. Sie hätte ihn jetzt gern getröstet; aber jedes Wort, das sie sagen konnte, musste nur schmerzhafter für ihn sein. Es musste Klarheit zwischen ihnen werden: »Alles ist jetzt zu spät ...«, gestand sie.

Er überlegte: »Du liebst jemanden?«

Sie nickte.

»Schon in Zürich? Oder erst hier?«

»Erst hier ...«

Er atmete auf, als ob das Unglück weniger groß wäre: »Bist du seine Geliebte?«, fragte er, aber in einem Ton, als sagte er: ›Du bist doch nicht seine Geliebte, das ist doch ganz unmöglich, das wäre doch ein Widersinn, du bist bei all deinem Charme und deinen einundzwanzig Jahren eine ganz ungeweckte, kindliche Natur.«

Er hielt den Mund offen, den Atem an.

Sie war so erschrocken, dass sie ihm nicht in die Augen sehen konnte, dass das Blut ihr in den Pupillen zu kreisen schien; konnte sie die Wahrheit sagen, hatte sie nicht die Pflicht, es zu tun, war er nicht schließlich zu gut, als dass sie ihn belog, und war das ihrer würdig? Wie sie die Lippen öffnen wollte, um ihm zu sagen: ›Ja, ich gehöre ihm ... ich bin glücklich, wie ich nie war ...‹, da überfloss sie plötzlich eine rätselhafte unbestimmte Angst. Es war nicht einmal die Idee, dass sie Philipp damit unsäglich gequält hätte, es war nur die Angst, die ihren Mund zu einem bitteren Lächeln verzog: »Wie denkst du dir das?«, sagte sie nur. Nichts weiter.

Als sie wieder aufschaute, sah sie, wie sein ganzes Gesicht vor Seligkeit bebte. Sie vermochte seinen Blick auszuhalten: »Ich möchte jetzt gehen.« Philipp sah ihr nach, als sie über die Brücke schritt. Aber sie sah sich nicht um. Sie schien es eilig zu haben, keinen Augenblick mehr verlieren zu können.

Philipp dachte: ›Er erwartet sie irgendwo.‹

Er stand wie ein Verirrter auf dem Trottoir und starrte hinüber, wo an dem Steingeländer entlang ihre Silhouette verschwand. Als Usi ins Hotel kam, fand sie einen Brief von Fersen. Ihr Herz jauchzte auf, als sie die Handschrift sah. Aller Jammer war mit einem Mal in einen Sturm hinreißender Gefühle gelöst. Sie hörte, während sie das Kuvert aufriss, den Garçon sagen, der Herr hätte den Brief selbst gebracht, aber keine Antwort verlangt. Fersen schrieb, dass er in dieser Stunde plötzlich reisen müsse. Er werde ihr morgen von San Sebastian aus mehr sagen können.

Sie empfand das wie einen Schlag auf den Kopf, der sie betäubte.

Neuntes Kapitel

Es dauerte Minuten, bis sich Usi wieder erholte. Dann hatte sie nur einen Gedanken, ihn vor seiner Abreise noch zu sehen. Sie fragte im Hotel nach einem Fahrplan. Nachdem sie lange gesucht hatte, brachte die dicke Frau eine blaue Broschüre, aber darauf stand: »Chemin de fer die Nord.« Sie riet Usi, eine solche für die »Chemin de fer du Midi« am Kiosk des Metro zu kaufen.

Usi lief hinüber, doch der Kiosk war geschlossen. Es ging auf acht. Sie wollte jetzt ein Taxi nehmen, fand aber keines, ging schließlich atemlos, mit klopfendem Herzen zu Fuß bis zum Pont de l'Alma, wo sie auf der anderen Seite ein Tramway nach der Gare d'Orsay fand.

Als sie dort ankam, fragte sie einen der Träger, die vor der großen Halle standen, nach dem nächsten Express in der Richtung Bordeaux. Es gab deren zwei. Der erste ging 21 Uhr 38 ab, und der zweite um 22 Uhr.

Sie hatte noch mehr als eine Stunde zu warten und setzte sich ins Café, dessen Stühle und Tische zur Rechten neben dem Eingang standen. Sie hatte Hunger.

Nebenan saßen Bauersleute, die ihr Gepäck auf den Boden gestellt hatten und aus einem Papier Schinken und Brot wickelten.

Usi konnte von dem Platz aus, wo sie saß, den Eingang übersehen. Sie dachte jetzt auch, dass sie an sein Hotel hätte telefonieren können. Doch sie hatte es nie getan. Er wohnte in einem Palace der Avenue Kléber. Er hatte sie auch nie aufgefordert, ihn anzuläuten. Wenn er Zeit hatte, meldete er sich immer selbst.

Ihr war das ganz natürlich erschienen. Er war ja sehr beschäftigt gewesen, und sie hatte außer den Abendstunden immer Zeit.

Welch schrecklicher Tag hinter ihr lag. Sie war gestern Nacht so selig aus Dieppe zurückgekommen, hatte am Morgen ihre Hemden und Strümpfe gewaschen und mit dem elektrischen Eisen geplättet. Am Mittag hatte sie im »Bistro« gesessen und dann etwas geschlafen. Diese Sonnentage hatten sie doch müde gemacht.

So war sie von Philipp geweckt worden.

In die Avenue Suffren konnte sie nicht zurückkehren. Sie hatte Angst.

Sie könnte vielleicht in der Wohnung anläuten, um etwas zu erfahren. Es war sehr unklug gewesen, so wegzulaufen. Aber sie hatte den Kopf verloren.

Jedenfalls würde das im Fall einer Untersuchung gegen sie sprechen. Aber die Ärzte könnten doch feststellen, dass er an einem Hirnschlag oder an einer Embolie gestorben war. Auf einmal waren seine Muskeln schlaff geworden. Dann war er wie ein Sack hingefallen.

Er kam ihr jetzt wie ein armes Tier vor. Er hatte die einzigen noch möglichen Erregungen seiner Existenz in Scheußlichkeiten gefunden.

Usi trank langsam ihren Kaffee. Sie aß dazu eine Brioche, die trocken war. Sie konnte kaum schlucken. Sie kaufte den »Intransigeant«. Da waren drei Seiten Inserate. Da wurden Bars und Wäschereien verkauft, Garagen angeboten und Kapitalien, eine Unmenge Lädchen und Geschäftslokale waren zu vermieten, Villen für den Sommer und 50000 Badewannen und Gasherde. Jetzt kamen Stellenangebote: ein Zimmermädchen gesucht, ein starker Mann für einen gelähmten alten Herrn, ein Mädchen für alles und eine Kellnerin für ein

Restaurant im Departement Eure ... Dann folgten sieben Kolonnen mit Stellengesuchen.

Als Usi mit dieser Lektüre fertig war, ging es auf neun. Sie schaute auf und erschrak. Ein großer, schlanker Herr in einem grauen Hut ging mit einem beladenen Träger vorbei, und ein Hotelangestellter mit ihnen.

Aber es war nicht der Mann, den sie liebte.

Es quälte sie jetzt auch, dass sie nie mit ihm darüber gesprochen hatte, dass es für sie dringend nötig sei, bald eine seriöse Stelle zu finden. Er selbst hätte davon reden sollen. Aber er war zu sehr mit sich selbst beschäftigt.

Der Zeiger auf der großen Wanduhr rückte vor. Sie stand auf und löste eine Bahnsteigkarte, ging die Treppe hinunter. Sie kam nur langsam vorwärts. Der Zug war überfüllt. Sie stellte sich vor den Schlafwagen, ging auf und ab. Es war jetzt 9 Uhr 28, also noch zehn Minuten. Sie sah in jedes Abteil, aber sie fand ihn nicht.

Nur am zweiten Kompartiment waren die Rouleaus heruntergelassen. Da war er vielleicht drin. Sie stieg in den Sleeping. Der Kontrolleur fragte sie: »Welches Abteil?«

Sie lächelte: »Ich suche jemanden.«

Das Abteil war leer.

Der Zug fuhr langsam an. Das Echo schlug wie ein dumpfes Gehämmer gegen die Decke.

Usi ging konsterniert im Menschenstrom die Treppe zur Halle hinauf. Sie entschloss sich jetzt, doch zu telefonieren. Sie kam zu einem Telefonautomaten. Die Tür der Kabine war angelehnt. Eine Frau war darin mit einem kleinen Jungen. Die Frau hielt den Jungen an der Hand und sagte: »Pardon.«

In einer zweiten Kabine bekam sie den Anschluss. Sie verlangte das Zimmer des Barons Fersen. Sie wartete. Sie hörte, wie das Läutwerk ging.

»Antwortet nicht«, gab die Telefonistin zurück.

Er musste also noch da sein. Sie fasste Mut und bestieg ein Taxi. Sie würde sicher erfahren, ob er mit dem nächsten Zug fuhr. Im schlimmsten Fall könnte sie bis dahin zum Bahnhof zurückkommen.

Sie starrte auf den Zähler des Taxi, wie es von fünfzig zu fünfzig stieg. Sie war tagelang nur immer im Metro und in Tramways gefahren. Sie war sparsam geworden.

Als sie in der Avenue Kléber beim »Majestic« vorfuhr, ließ sie den Wagen warten.

Sie ließ sich anmelden. Sie setzte sich in einen großen Stuhl gegenüber einer dicken Dame, die die »Times« in der Hand hielt.

Nach fünf Minuten kam der Boy zurück. Er sagte: »Der Baron ist um sechs Uhr verreist.«

»Aber da ging doch kein Zug«, stammelte Usi.

»Einen Augenblick«, sagte der Boy. »Kommen Sie aus einem Geschäft?«

»Nein, privat.«

Als er wiederkam, erklärte der Kleine, der Baron sei in seinem Wagen weggefahren. Briefe würden ihm nachgeschickt werden.

Usi setzte sich nun hin und wollte einen Brief schreiben. Aber sie konnte sich nicht sammeln. Sie saß so ganz abwesend wohl eine halbe Stunde.

Als sie nachher aus der Halle kam, klapperten schwere Schuhe hinter ihr her. Es war der Chauffeur, der bezahlt werden wollte. Sie hatte ihn vergessen.

Ratlos ging sie in den Abend hinein.

Sie hörte einen Herrn sagen: »Mademoiselle ...« Er zog den Hut. Sie erschrak. Da setzte er seinen Hut wieder auf und ging an ihr vorbei.

Sie war todmüde und ihr war bange.

* * *

Usi war schon früh aufgestanden. Sie hatte in einer Morgenzeitung ein Inserat gefunden, wo für die Pflege eines jungen Mädchens jemand gesucht wurde. Sie stand jetzt vor einem alten Haus der Rue du Bac. Es war da eine Art Tor mit zwei großen, eisernen Flügeln, und dann tat sich ein Garten auf. Zur Rechten war eine Häusergruppe. Zur Linken Bäume, Beete mit Blumen.

Usi fragte bei der Hausmeisterin nach der Adresse. Sie hatte beim ersten Eingang rechts in die dritte Etage zu gehen. Sie bestieg den Aufzug, der langsam hochfuhr.

Die Klingel an der Tür surrte dumpf. Ein Mädchen öffnete und bat sie sich im Eingang auf einen Stuhl zu setzen. Sie saß da eine Weile, hörte keinen Laut.

Dann kam das Mädchen wieder und führte sie in einen Gang zur Linken und von dort in einen kleinen Salon. Da lag ein junges Mädchen auf einem Diwan, und eine Dame über vierzig stand auf und lud Usi ein, Platz zu nehmen.

»Wir haben uns am Telefon nur wenig auseinandersetzen können«, sagte die Dame freundlich. »Meine Tochter Denise ist augenblicklich am Gehen behindert. Eine merkwürdige Geschichte, die mit den Nerven zu tun hat, aber durch ein besonderes Verfahren« – sie lächelte dabei ihrer Tochter zu – »bald behoben sein wird.«

Usi sah zum Fenster hinaus während die andere sprach. Die Bäume gegenüber waren Akazien mit hellgrünen, gefiederten Zweigen.

»Sie müssten natürlich hier wohnen«, erklärte die Dame, »und Ihre ganze Zeit der Pflege meiner Tochter widmen.«

»Das wäre mir sogar angenehm«, gab Usi zurück.

»Sie hätten freie Station und fünfhundert Francs im Monat.«

Usi überlegte: so viel für ein Dienstmädchen, aber sie sagte: »Das passt mir.«

»Darf ich bitten, von welcher Nationalität Sie sind?«

»Ich bin Deutsche.« Usi wusste eigentlich nicht, warum sie das sagte. Trotz ihres Schweizer Passes war sie sich nie anders vorgekommen. Sie hatte das ohne Zögern geäußert und sah erst auf, als es auf der Gegenseite still blieb.

Die Dame hatte nun ein sehr verlegenes Gesicht: »Im Prinzip wären wir also einverstanden. Wenn Sie mir Ihre Adresse lassen wollen, will ich Ihnen heute Mittag definitiven Bescheid geben.« Sie war aufgestanden.

Usi schritt die Treppe hinunter, trat aus der Dämmerung des Ganges in den Sonnenschein. Sie wusste, dass sie von dieser Frau nie mehr hören würde.

Zu allerletzt könnte sie bei einer amerikanischen Familie als Kindermädchen enden. Sie fühlte sich hier so fremd, dass ihr das wegen ihres persönlichen Prestiges nicht als unmöglich erschienen wäre, aber ihr war, als ob sie sich ihrem Geliebten gegenüber degradierte. Sie wollte ihn auch nicht mit ihren persönlichen Sorgen belasten. Er hatte genug mit den eigenen zu tun, aber er hätte wohl Schwierigkeiten, sie als Dienstmädchen ernst zu nehmen. Bis jetzt war ihm ihre Situation wohl merkwürdig und romantisch vorgekommen. Eine junge Frau, die sich aus subtilen Gründen in große Sorgen begab. Die Geschichte mit dem alten Herrn war ihm wohl auch interessant gewesen; aber was jetzt kommen konnte?

Sie hätte plötzlich zwei neue Ideen. Sie konnte sich in einem Reisebüro als Dolmetscherin anstellen lassen oder einen

Kurs für Schreibmaschine nehmen und versuchen, als Sekretärin unterzukommen.

Sie nahm den Autobus am Boulevard Raspail, der sie zur Madeleine brachte. Dort trat sie bei Thos. Cook ein. Am Schalter war ein freundlicher junger Herr.

Er erklärte: »Vielleicht im August. Augenblicklich ist die Saison sehr schlecht. Wenn Sie mir Ihre Adresse lassen wollen, kann ich Ihnen gelegentlich schreiben.«

Sie ging jetzt auf dem Boulevard. Der Morgen war warm. Die Fremden standen vor den Schaufenstern und diskutierten. Die Frauen schienen immer interessiert zu sein, und die Herren standen mit gelangweilten Gesichtern abseits.

Es kam ihr jetzt merkwürdig vor, dass es noch Menschen gab, die keine Sorgen hatten, die daran denken konnten, in teuren Geschäften Kleider, Hüte, Schuhe zu kaufen.

Sie ging in die Rue Eduard VII hinein, um sich bei Remington wegen eines Schreibmaschinenkurses zu erkundigen.

Ein junges Mädchen erklärte ihr, dass sich eine Schule ihrer Firma an der Porte de Versailles unweit der Station des Nord-Sud befinde. Das Schulgeld betrage monatlich hundertfünfzig Francs oder für sechs Monate eine Pauschalsumme von achthundert Francs. Die Stunden für Schreibmaschinen und Stenografie würden jeden Morgen von neun bis zwölf Uhr gegeben.

Usi kam die Lehrzeit von sechs Monaten lang vor. Das junge Mädchen fand sie normal.

»Und wie viel kann ich dann im Monat verdienen?«

»Sie können sicher mit achthundert Francs anfangen.«

Usi wollte nach Hause. Es ging auf elf Uhr. Vielleicht war eine Depesche aus Bordeaux oder Biarritz da. Wenn er die Nacht über gefahren war, konnte er am Vormittag angekommen sein.

Wie selig würde sie über irgendein Zeichen von ihm sein.

Sie hatte plötzlich noch eine Idee. Sie wollte bei Pierrette vorbeigehen. Vielleicht könnte sie als Mannequin unterkommen. Das war sicher keine Existenz, aber sie hatte das Bewusstsein, dass sie etwas anfangen müsse, das seriös war, das ihr einen Halt gab.

Sie fuhr mit dem Autobus Bourse-Passy bis zur Rue Washington und ging nach den Champs-Elysées.

Bei Pierette wurde sie von den Verkäuferinnen mit Eifer und untertänigem Lächeln empfangen. Usi sah gut aus, und man witterte in ihr eine ausländische Kundin.

Usi verlangte Mademoiselle Pierette zu sprechen. Der Eifer und die Liebenswürdigkeit steigerten sich.

Sie wartete fünf Minuten, und eine der Verkäuferinnen sprach englisch mit ihr. Das Opfer wurde vorbereitet.

Pierette kam an. Usi versuchte sie daran zu erinnern, dass sie mit Marsa ... Mademoiselle de Bregy hier gewesen war.

Pierette erinnerte sich nicht mehr, aber sie sagte: »Ja, natürlich, was kann ich Ihnen zeigen?«

»Hatten Sie damals in mir nicht eine gute Figur als Mannequin gesehen?«, hob Usi an.

Jetzt schien es durch Pierettes Gehirn wie das Aufleuchten von ein paar Glühbirnen zu gehen. Sie maß Usis Silhouette, und Usis Körper straffte sich zugleich, als wäre er auf einem Podium aller Welt zur Schau gestellt und müsste nun das Beste, das Höchstmögliche von Spannung aus sich herausbringen.

Pierette fühlte zugleich, wie das Bewusstsein, zu wirken, in der anderen stieg. Ihr Blick wurde kühl und gemessen: »Das wäre keine schlechte Idee ... Leider haben wir die Winterkollektion schon angefangen und gerade für Ihre Größe ein Mannequin engagiert. Sie gibt nicht so viel her wie Sie, ist etwas weniger gut in der Linie, übrigens eine kaukasische Prinzessin ...«

»Schade«, sagte Usi, »es hätte mir Spaß gemacht.«

»Dann müssen Sie wohl auch teuer ...«, Pierette lächelte amüsant, »und das ist bei diesen Zeiten auch in Betracht zu ziehen.«

»Allerdings ...«

»Kommen Sie wieder einmal vorbei«, bat Pierette, »an sich gefallen Sie mir. Schade, dass Sie nicht letzte Woche gekommen sind.« Sie nickte leicht und ging hinaus. Die Verkäuferinnen sprachen untereinander, nickten auch ganz höflich.

Usi ging unten auf der Avenue bis zum Etoile. Der Tag schien ihr kein Glück zu bringen. Ihr war es, als könnte sie so noch jahrelang von Tür zu Tür gehen, und jedes Mal ohne Erfolg.

Vielleicht war das mit dem alten Herrn auch eine einzigartige, unerhörte Chance gewesen.

Wie es wohl um ihn stand? Wer konnte ihn gefunden haben? Der Diener oder die alte Dame? Konnte es nicht eine Ohnmacht gewesen sein?

Als Usi zum Etoile kam sah sie Frau von Bregy beim Kiosk an der Avenue Friedland, wo sie in englischen Magazinen blätterte.

»Wie geht es Ihnen?«, fragte Frau von Bregy. »Wir haben Sie schon ein paar Tage nicht mehr gesehen.«

»Und Marsa?«

»Ist mit Bekannten aufs Land gefahren.« Frau von Bregy schien bekümmert: »Das Mädel ist in der letzten zeit gar nicht mehr zu halten. Hat ganz tolle Ideen. Ich stehe leider Gottes noch auf dem Standpunkt, dass man sich verheiraten muss. Alles andere ist wüste Spekulation.«

»Und die Ehe ist keine?«, lachte Usi.

»Einverstanden; aber sie ist als Spekulation regulär. Wie wenn Sie ein Börsenpapier bei einem akkreditierten Makler kaufen. Es kann steigen, sinken, aber Sie haben doch etwas in der Hand. Die Einführung an der Börse bedingt doch gewisse Garantien. Wenn Ihnen dagegen irgendein guter Freund ein Papier aushändigt, von dem Sie nicht einmal wissen, auf was es basiert ist, ob die Kupfermine überhaupt existiert ... das heiße ich Leichtsinn Aber Marsa will nun leben. Sie sagte, sie hat genug gedarbt, sie will nicht in diesem Marasmus weiterfahren, als ob ich daran schuld sei, dass wir in Ungarn unser Getreide nicht verkaufen können. Dabei war sie, wie wir heimkamen, noch so vernünftig ... es ist ein Jammer!«

»Sie ist reizend«, erklärte Usi, »ich habe sie sehr gern ...«

»Aber sie ist nicht klug ... sie sieht so aus, als ob sie es wäre, aber sie ist es nicht. Sie will mir erklären, was ein Mann ist ... Du lieber Gott!« Frau von Bregy lachte plötzlich ganz herzlich.

»Sie amüsieren sich über Ihre eigenen Erfahrungen?« Usi begleitete Frau von Bregy die Avenue Friedland hinunter.

»Ich lache darüber, um nicht zu weinen. Meine Familie hat neunzehnhundertelf noch eines der größten Vermögen Zentraleuropas besessen. Wo ist das Geld hingekommen?« Sie hatte plötzlich wieder ihr missmutiges und kühles Gesicht.

»Sie haben wohl durch den Krieg sehr viel verloren?«, wandte Usi ein.

»Auch«, gab die andere zu, »aber das Übel, das wie ein böses Tier an uns nagte, waren die Gewohnheiten meines Mannes. Er war ein Verschwender ...«

»Ach«, rief Usi, »man kann sich eigentlich kaum denken, dass es so etwas noch gibt.«

»Mein Mann ist vor drei Jahren bei einem Automobilunfall verunglückt. Er ist am hellen Mittag gegen einen Baum gefahren. Man sagte, er sei nicht ganz nüchtern gewesen, was ich zwar nicht glaubte. Jenö war nie ein Trinker. Er hat manchmal zu viel getrunken, aber es war dennoch kein Laster bei ihm. Das schlimme waren das Spiel und die Weiber ...«

Usi war erstaunt, wie aufrichtig Frau von Bregy zu ihr war, als diese fortfuhr: »Wenn ich mich mit Ihnen ausspreche, ist es wegen Marsa. Das Kind hat sich in der letzten Zeit sehr geändert. Sie sind ja eigentlich nicht viel älter als sie, aber Sie sind so viel vernünftiger ...«

»Was ist denn mit ihr?« Usi war erstaunt.

»Wir wollen darüber später einmal reden, jedenfalls macht sie mir schwere Sorgen. Das Schlimmste ist, dass sie zu lügen anfängt. Wir haben doch immer so gut zueinander gestanden, und nun entdecke ich tagtäglich, dass sie schwindelt ... Das kränkt mich, weil das auch das Widerlichste im Charakter ihres Vater war. Er war ein charmanter, eigentlich gutherziger Mensch, aber er hatte sich derart daran gewöhnt, mich anzulügen, dass es eine Krankheit für ihn wurde. Sogar die kleinsten Dinge, die gar nicht maskiert zu werden brauchten, wurden bei ihm extravagant.«

»Wie merkwürdig!«

Frau von Bregy faltete missmutig ihre Stirn. »Das ist amüsant für die anderen, aber für mich, die ich bei der Komödie mitzuspielen hatte ...«

»Aber Sie haben sich in Ihrem Leben doch nicht gelangweilt.«

»Weiß Gott nicht, wenn ich nur an die Geschichte mit der kleinen Serbin denke ... Eine Serbin, was sagen Sie dazu? Sie sah aus wie ein Bauernmädel, war allerdings frisch ...« Sie schöpfte Atem.

»Erzählen Sie doch«, bat Usi.

»Nun, er lernte sie mit ihrer Mutter in Zürich kennen, ausgerechnet in der Schweiz. Wir waren im Sommer in Pontresina, und da er sich dort langweilte, fuhr er oft nach Zürich. Im September fuhren Marsa und ich – sie war damals zwölf Jahre alt – nach, und wir lebten im Hotel am Kai, am Ende der Bahnhofstraße. Nun kam mir merkwürdig vor, dass Jenö jeden Abend gegen fünf Uhr zum Zahnarzt ging. Ich schickte einmal einen Boy hinter ihm her, und es kam heraus, dass er jeden Tag zu zwei Damen zum Tee fuhr ins Hotel »Dolder« auf dem Berg.

Nun, er legte ein Geständnis ab. Die serbische Dame, die seinen Freund Inkey, der während des Krieges gefangen war, gepflegt und ihm das Leben gerettet hatte, war in Schwierigkeiten. Inkey hatte ihn gebeten, zu intervenieren. Dazu kam nun eine Geschichte mit Schmuck, zu deren Regulierung achtzigtausend Schweizer Francs nötig waren. Ich glaubte ihm nicht und sagte, dass er in eine der Damen verliebt sei. Er protestierte, erklärte, dass er Inkey diesen Dienst nicht verweigern könne. Schließlich willigte ich ein, die Hälfte zu geben, wenn die beiden Damen nach Belgrad zurückführen. Inkey sollte den Betrag garantieren. Ich glaubte die Sache geordnet, als ich erfuhr, dass er die beiden Damen nach Luzern gebracht hätte.«

»Was für eine Geschichte!« Usi fand dies alles sehr amüsant.

»Wir fuhren darauf nach Hause, und ich hörte nichts weiter darüber. Im September hatte Jenö in Wien zu tun, aber das war schließlich normal, und ich hörte zwei Jahre lang nichts mehr davon. Eines Tages kommt auf unserem Gut ein junger Mensch an und fragt nach Onkel Jenö. Ich war sehr verblüfft, denn ich kannte keinen Neffen meines Mannes. Zudem kam er aus Serbien. Er erklärte, dass Onkel Jenö seine

Tante geheiratet habe ... Ich war einer Ohnmacht nahe. Jenö legte wieder ein Geständnis ab. Er war nicht in die Mutter, sondern in ihre siebzehnjährige Tochter krankhaft verliebt gewesen und hatte sie, da sie sehr standhaft war, vor zwei Jahren im Herbst in Jersey geheiratet.«

Usi musste sich zusammennehmen, um eine irgendwie ernsthafte Haltung zu bewahren.

»Wir fuhren nach Belgrad, wo mir Jenö am ersten Abend im Hotel mitteilte, dass die Mutter der jungen Dame entschlossen sei, Klage wegen Bigamie zu stellen. Merkwürdigerweise war sie, wie sich's nachher herausstellte, von ihm ebenso düpiert worden. Ich saß mit Jenö und einem Rechtsanwalt, den wir dort konsultiert hatten, in einem Salon des Hotels beim Essen, als ein Mann erschien, der sich als Kriminalpolizist auswies und erklärte, er müsse zu seinem Bedauern Jenö verhaften. Ich war so entsetzt, dass ich jede Konzession gemacht hätte. Aber man wollte nur Geld. Ich hatte die Anweisung auf meine Wiener Bank zu schreiben, die ein halbes Vermögen kostete ... Das traurige war, dass ich später erfuhr, dass der Kriminalpolizist ein Bluff war, und dass Jenö von der erwähnten Summe die Hälfte bezog ... Sie sind sprachlos, nicht wahr? ... Dabei war er einer der charmantesten Menschen, den man sich denken kann, und mit der Allüre eines wirklichen Grandseigneurs, der er seiner Abstammung nach auch war. Verstehen Sie nun meine Sorge?«

Usi starrte sie verdutzt an.

»Ich habe«, fuhr sie fort, »bis jetzt immer geglaubt, dass Marsa in ihrer Natur ganz mir nachschlage, und nun beginne ich daran zu zweifeln.«

Usis Phantasie war immer noch bei der Hotelszene in Belgrad. »Aber was hat er denn mit dem vielen Geld gemacht?«

»Verspielt ... Ein Glück war nur, dass von der kleinen Serbin keine Kinder da waren.« Frau von Bregy sann: »Schlecht sah sie ja nicht aus ... wie ein frisches Bauernmädel.«

Zehntes Kapitel

Usi hatte am nächsten Morgen keine Nachricht von San Sebastian. Es war nun, als ob das ganze Interesse ihrer Existenz darauf konzentriert wäre, ein Zeichen von ihm zu bekommen. Sie verbrachte die Zeit in einem sich steigernden Zustand von Nervosität. Sie fand ganz vernünftige Erklärungen für sein Schweigen. Er wollte sich jedenfalls nicht mit einem Telegramm oder ein paar Zeilen begnügen. Er hatte ihr ausführlich zu schreiben. Vielleicht wartete er auch Entscheidungen ab, die es ihm möglich machten, über ihre Zukunft zu disponieren. Auch am kommenden und übernächsten Tag blieb jede Nachricht aus. In den Nächten schlief sie kaum Sie hatte die Fenster offen, lag mit wachen Augen und hörte die Züge des Metro in Grenelle einfahren. Sie dachte dann auch an Philipp. Sie war ihm dankbar, dass er sie in Ruhe ließ, er hätte mit seiner jähen Natur Skandal machen, sie irgendwie quälen können. Er überließ sie ihrem Schicksal. Das war alles, was sie von ihm verlangte.

Die schlaflosen Nächte steigerten Usis Nervosität.

Arbeit zu suchen hatte sie für diese Tage aufgegeben. Sie musste erst wieder den moralischen Halt finden. Sie war abergläubisch. Ihre letzten Versuche waren zu hoffnungslos gewesen. Sie musste aufatmen. Sie dachte auch, dass der Zustand ihrer Unruhe für ihre Chancen ungünstig war. Sobald sie Nachricht von ihm hätte, würde alles leichter werden.

Aber warum konnte er ihr nicht schreiben? Warum konnte er sie nicht beruhigen? Er müsste wissen, dass sie mit allen Nerven, mit ihrem ganzen Herzen daran hing.

Am vierten Tag telefonierte ihr Marsa. Sie hatte eine kleine Stimme. Sie sagte: »Ich bin nicht wohl. Willst du herüberkommen?«

Usi ging gegen fünf Uhr hin.

Marsa lag auf ihrem Bett. Sie starrte Usi ganz geistesabwesend an. Usi war erstaunt. »Was ist?«, fragte sie. »Du bist krank?«

Sie nickte nur. Sie schien todmüde zu sein. »Es ist alles aus ...«, sagte sie.

»Wovon sprichst du, Armes?«

»Er ist fort ... Ich war noch mit ihm ... Aber er hat mir dann alles gesagt. Es sind politische Dinge, die ich dir nicht erklären kann. Es ist entsetzlich!«

In Usi wurde es ganz still. »Aber ich bitte dich, von wem redest du?«

»Von Stany ...«, stöhnte Marsa.

»Aber wer ist denn Stany?«

»Das ist doch Fersen ...«

Usi hörte jetzt ihr Herz stark klopfen: »Ja, warum bist du denn so außer dir?«

Marsa horchte, als müsste sie irgendeinen Laut aus ihrer Mutter Zimmer hören: »Ich bin doch mit ihm nach Biarritz gefahren ...«, flüsterte sie. »Dort haben wir Abschied genommen ...«

»Du bist ja verrückt ...«, stieß Usi heraus. »Wie ist denn das möglich?«

»Natürlich ist es Wahnsinn«, gab Marsa zu, »aber ich hatte den Kopf verloren. Er hatte etwas an sich, das mich irrsinnig machte. Aber du darfst mir glauben ... ich bereue gar nichts ... es ist nur schrecklich, dass so plötzlich alles zu Ende war ...«

»Kommt er denn nicht wieder?«, fragte Usi mit trockener Kehle.

»Er weiß es nicht ... Ich wusste ja von Anfang an«, sie sah mit leerem Blick vor sich hin, »und erst jetzt, seit er nicht mehr da ist ...« Sie brach ab, schloss die Augen. »Wie müde ich bin ... wie müde ...«

»Du lieber Gott ...«, sagte Usi, »du lieber Gott ...«

Sie stand auf, ging zur Tür. Marsa schien sich auch gar nicht weiter darum zu kümmern. Sie hatte Usi ihren Jammer gestehen müssen, das war alles.

Usi war wieder auf der Straße. Sie ging wie in einem schrecklichen Halbschlaf, zwischen Wirklichkeit und Traum. Aber sie ging sehr vorsichtig. Sie wartete an jeder Straßenkreuzung, bis der Polizist das Zeichen gab.

Aber auf einmal war sie an der Place des Ternes. Da war auf der anderen Seite eine Apotheke. Sie ging hinüber und sagte: »Ich möchte etwas, um mich zu beruhigen ...«

»Haben Sie Kopfschmerzen?«, fragte der junge Mann.

»Nein ...«

»Haben Sie Neuralgie?«

»Nein ...«

»Leiden Sie an Schlaflosigkeit?«, fuhr er fort.

»Ja ... das ist es ...« Es ging wie eine Erleichterung durch ihr Gehirn. »Ja, ich schlafe so schlecht ...«

»Nehmen Sie eine Tablette Didial Ciba vor dem Zubettgehen. Sie werden eine ruhige Nacht haben ...«

Er reichte ihr ein schmales, kaum zehn Zentimeter langes Päckchen.

»Wie viel?«

»Acht Francs ...«

Sie betrat die Metrostation, ging die Treppe hinunter, wandte sich nach rechts zum Schalter. Es roch warm und schal, nach dem Atem vieler Menschen.

Es war großer Verkehr, die Geschäfte schlossen.

Usi stand im Waggon, in der Menge gepresst. Aber es war ihr nicht unangenehm. Das Gefühl, unter so vielen zu sein, konnte ihr Mut geben. Sie wollte jetzt alles versuchen, um Mut zu bekommen.

Am Etoile musste sie umsteigen. Sie ließ sich vom Strom wieder treppauf und treppab tragen. Sie ging geduldig, als ob das Kleinste, das sie auszuführen hatte, sehr wichtig wäre.

Wie der Zug dann aus der Station beim Trocadero ausfuhr, bedauerte sie einen Augenblick, dass sie nicht nach der Place de l'Alma umgestiegen war. Sie hätte sich bei »Francis« an denselben Tisch setzen wollen, wo sie mit ihm am Donnerstag vor Pfingsten saß.

Wie merkwürdig, es waren kaum ein paar Tage her. Und wie viel war inzwischen geschehen.

Als der Zug über die Seine fuhr, schreckte sie auf. Sie stieg dann bei Grenelle die Treppe hinunter, ging in die Crèmerie nebenan und trank ein Glas Milch.

Dann kaufte sie sich eine Zeitung und ging in ihr Zimmer hinauf. Sie hätte unten noch einmal fragen können, dachte sie, ob wirklich kein Brief da sei.

Aber was hätte es nun für einen Sinn gehabt, dass noch kein Brief da war.

Sie legte sich auf das Bett und versuchte zu ruhen. Doch in ihrem Gehirn war eine schmerzhafte Klarheit. Sie hatte ein unendliches Verlangen, von allem loszukommen, nicht mehr zu denken. Aber das andere war stärker als sie. Es war da eine Qual, die in ihr pulsierte, die nicht losließ.

Sie nahm die Zeitung, überflog die Seiten und legte sie neben sich. Nach einer Weile nahm sie sie wieder vor. Sie musste jetzt um jeden Preis schlafen, um nachher wieder zu sich zu kommen. Sie wollte ihre Augen ermüden, das müsste helfen. Sie las eifrig wie ein Kind, das sich Mühe gibt. Als sie auf die zweite Seite kam, fand sie in der letzten Kolonne, unter der Rubrik: Carnet Mondain, folgende Mitteilung: »Wir haben die schmerzliche Pflicht, anzuzeigen, dass der bekannte Afrikaforscher Amadée-Hypolite Baron Clarens, Mitglied der Geographischen Gesellschaft, Mitglied der Britischen Akademie für Wissenschaften, Mitglied des Instituts für Marokkanische Studien, dessen bahnbrechende Werke in fachtechnischen Kreisen Autorität sind, heute, am 29. Mai, in seiner Wohnung, in der Avenue Suffren, mit den Sakramenten der Kirche versehen, verschieden ist. Die Einsegnung findet am 1. Juni mittags in St. Clothilde statt und die Beisetzung in Amiens (Somme).«

Usi las die Notiz langsam, sann.

Sie lag darauf mit offenen Augen. Es wurde dunkel. Gegen neun Uhr kam der Garçon und fragte, ob er das Bett für die Nacht richten könne.

Sie stellte sich ans Fenster, während er die dunkelgrüne Decke abnahm. Sie hörte die Betttücher hinter sich rauschen. Unten am Trottoir standen Automobile. An einem Pfeiler des Metroviaduktes stand ein Paar und küsste sich.

Usi legte sich wieder hin. Gegen ein Uhr hörte sie den letzten Zug vorbeifahren. Dann von Zeit zu Zeit das Hupen der Autos. Sie hatte die Vorhänge nicht zugezogen. Der Morgen begann zu grauen.

Eine merkwürdige Regungslosigkeit saß ihr im Körper, und ihr Kopf war immer von der gleichen brennenden Klarheit. Sie hörte fünf Uhr schlagen.

Die Avenue begann wieder zu leben. Lastwagen fuhren mit Gepolter vorbei. Der Metro setzte mit dumpfem Rollen wieder ein. Pfiffe kamen vom Bahnhof des Champs de Mars.

Es war ihr, als ob sie eine Ewigkeit still gelegen wäre, als der Garçon klopfte und fragte, ob er das Frühstück bringen könnte. Usi verzichtete.

Sie hörte ihn im Gang davongehen.

Sie hatte jetzt das Gefühl, dass sie lange schlafen müsste. Sie glitt vom Bett, nahm das Päckchen mit den Tabletten. Sie zerriss die Verpackung und löste die Glastube heraus. Darauf stand: »12 Comprimés. Chaque comprimé contient 0,10 cg de médicament.«

Sie lege sich, angezogen wie sie noch immer war, aufs Bett und schluckte nacheinander drei Tabletten. Dann lag sie still. Ihr Kopf wurde jetzt ruhig und schwer; durch die Augen blitzte es wie Wetterleuchten. Aber der Mund wurde sehr trocken, sie schluckte eine weitere Tablette. Bei der fünften versagte der Schlund. Er war wie von einer feinen Schnur stranguliert. Sie lag wieder still. Kalter Schweiß stand ihr auf dem Gesicht, die Ärmel ihres Kleides klebten. Dazu hob sich der Morgen.

Sie fühlte Brechreiz und versank dann in einen Halbschlaf. Plötzlich fuhr sie in einem großen Schreck auf. Sie hatte die eigensinnige Idee, auch noch die letzten Tabletten zu nehmen. Aber der Schlund war geschlossen. Sie wollte versuchen, Wasser zu schlucken. Sie glitt vom Bett und fiel zu Boden. Ihre Beine versagten. Auf den Knien rutsche sie zum Waschtisch, konnte die Wasserflasche in die Hand bekommen.

Als sie wieder das Bett erklommen hatte, trank sie langsam. Im brennenden Mund tat es ihr unendlich wohl. Sie vermochte jetzt mit kleinen Intervallen die letzten Tabletten zu schlucken. Dazu schluchzte sie krampfhaft.

Sie griff nach ihrer Handtasche und auch dem Spiegel. Sie sah in ein fremdes Gesicht. Ihre Pupillen waren stark zusammengezogen und standen ganz starr. Die Haut war blass und nur um die Augen schwarz.

Sie dreht sich, hörte nur ein fernes Brausen. Zugleich war ihr, als läge ihr Körper auf Eis ...

* * *

Philipp hatte an diesem Freitag in Genf eine Sitzung, die mit einem sensationellen Krach der Banque de Genève im Zusammenhang stand. Er wusste nicht, wie es ihm überkam, aber abends gegen fünf Uhr hatte er plötzlich das unbändige Verlangen, wenn nicht Usi zu sprechen, so doch über sie zu hören.

Er verlangte im Hotel das Pariser Telefonbuch. Da es nicht zu bekommen war, ging er nach der Hauptpost. Dort fand er den grünen Band und in seinem Anhang die Abonnenten nach den Straßen geordnet.

Da war Grenelle (Boulevard) 15e Arr ... Es musste eine er ersten Nummern sein. No. 1 Barbin, tabac, 2 Lemaire R, 2 Poujol F. bar, Viadue Hotel, Invalides 14-81 ...

Etwas jauchzet in ihm auf ... Er verlangte sofort die Nummer.

»Sie werden die Nummer in Kabine drei bekommen«, sagte die Telefonistin.

Sein Puls hämmerte. Nach vier Minuten klingelte es. Er hörte die Stimme der dicken Dame: »Mademoiselle Black ... Ja, man wird sie rufen ...«

Dann kam lange nichts mehr. Er hörte, wie man im Hotelbüro sprach, wie eine Tür geschlossen wurde. Wieder Geräusch. Darauf wieder die Stimme der dicken Frau: »Die Tür ist geschlossen. Sie antwortet nicht. Man holt eben den Schlosser. Wollen Sie in einer halben Stunde anrufen?«

Philipp hatte noch immer den Hörer in der Hand. »Sprechen Sie noch?«, rief eine Stimme. Mit bebenden Händen hängte er ein. Eine unbeschreibliche Beklemmung hatte ihn erfasst. Er verlangte Paris für 18 Uhr 15, lehnte draußen neben dem Schalter, überlegte: Der nächste Zug geht 21 Uhr 30

... ist um 7 in Paris ... aber vielleicht ist sie ausgegangen? Doch warum ließen die Leute dann den Schlosser kommen? Der Schlüssel muss wohl von innen im Schloss stecken und sie antwortet nicht ... sie antwortet nicht. Die Spannung war unerträglich.

Er ging im Postbüro auf und ab ... immer auf und ab. Bei jedem Klingelzeichen schreckte er auf.

Als die Telefonistin ihn wieder aufrief, hatte er keinen Speichel mehr im Mund: »Ja ... Sind Sie der Verwandte, der zu Pfingsten da war?«

»Ja ... gewiss ...«

»Man hat sie eben nach dem Spital Necker überführt ... Es ist ein Unglück geschehen ...«

»Lebt sie?«, stammelte er.

»Man weiß es nicht ...«

»Ich werde morgen um sieben in Paris sein. Man soll alles Menschenmögliche tun ...«, bettelte er, »alles was möglich ist ...« Er redete weiter, es summte leise im Apparat, dann wieder die Stimme des Fräuleins: »Sprechen Sie noch?«

Er ging durch die Straßen, alles um ihn schien unwirklich, phantastisch. Die Menschen hatten seit ein paar Minuten ganz andere Gesichter, als kämen sie aus Vexierspiegeln.

Zum ersten Mal in seinem Leben dachte er, dass er sterben möchte, dass er es nicht mehr ertragen könnte.

Im Hotel packte er seinen Handkoffer, saß dann wieder, das Gesicht in den Händen, lange Zeit. Womit hatte er all dieses Schreckliche verschuldet? Damit, dass er sie liebte? Konnte er sich sein Leben anders vorstellen, als dass er für sie da war? Nicht einmal als ihr Mann, ihr Geliebter, nein, als ihr armseligster Knecht, der ihr wie ein geschlagener Hund diente, der glücklich war, ihr zu dienen.

Er saß da, vermochte sich über nichts klar zu werden, fühlte sich eingeschlossen in einer Zelle, und immer wieder kam der Gedanke, dass sie tot sei ...

Und was dann?

Trotzdem es noch eine Stunde zu früh war, fuhr er an den Bahnhof. Er hatte Mühe, einen Platz zu bekommen.

In der Nacht, während er in einem überfüllten Abteil zwischen einer englischen Nurse und einem dicken Herrn saß, wühlte unaufhörlich die Qual der Erwartung in ihm. Er hatte nie so an den Tod gedacht, er war ihm nie so nahe gekommen. Er hatte sich so stark gefühlt ... aber jetzt ... Stunde um Stunde ging dahin, er hatte einfach alles hinzunehmen, es ging über seine Kraft. Erst nach Dijon versank er in einen tiefen Schlaf. Als er gegen acht in der Rue de Sèvres vor dem Neckerspital stand, war es ganz still in ihm. Es war, als ob sein ganzer Körper auf das Entscheidende, das kommen musste, horchte.

Da wehte eine Fahne über dem Portal. Dann kam ein Ausblick auf Gärten, eine lange Allee, zur Rechten war ein kleiner Glaspavillon und darin ein jüngerer Mann in einem weißen Kittel. Er wandte sich an ihn: »Auskunft zweite Tür rechts ...«, sagte dieser.

Philipp schritt das Gebäude entlang. Da hing eine blaue Tafel: »Renseignements.« Er trat ein. Da waren Schalter wie in einer Bank. Man wies ihn zu einem älteren Herrn. Dieser sagte, das junge Mädchen sei gestern gegen sechs Uhr von einem Polizisten in einem Taxi eingeliefert worden. Der diensttuende Arzt hätte sie an die medizinische Abteilung überwiesen, wo sie abgesondert in Zimmer zwölf liege.

»Aber sie lebt?«, fragte er und starrte den anderen mit einem leeren Blick an.

»Wenn sie nicht lebte«, sagte der Mann, »wäre sie nicht mehr auf Nummer zwölf.«

»Kann ich sie sehen?«, bettelte der andere.

»Das hängt vom Arzt ab ... Verlangen Sie zweiten Hof, Abteilung Lefort ...«

Philipp ging mit bebenden Knien nach rechts, unter einem Bogen durch in einen Hof, dann durch ein zweites Portal nach links. Da standen Pavillons um Gärten herum. Ein Wärter wies ihn zu einer Steintreppe, dann in die erste Etage hinauf. In einem langen, geweißten Gang begegnete er zwei Schwestern, die er nach Nummer zwölf fragte.

Vor der Tür stand er still. Er hörte nichts. In einem merkwürdigen Entsetzen klopfte er.

Aber niemand antwortete.

Wieder kam eine Schwester. Er erklärte ihr, dass er der Mann der Kranken auf Nummer zwölf sei.

Sie ging hinein.

Nach ein paar Minuten kam ein junger Mensch in einem weißen Kittel heraus.

Philipp lehnte sich an die Wand, während er des anderen Erklärung hörte: Schwere Vergiftung, Puls auf fünfzig reduziert, vier bis fünf Atemzüge pro Minute. Seit gestern Abend Behandlung durch Magen- und Darmentleerung, subkutane Injektionen von Coffein und Kampfer. Die Vergiftung leider schon im Blutkreislauf, es komme jetzt alles auf die Reaktion der Nieren an. Man flöße ihr Tee ein und schröpfe die Nieren. Wenn sie zum Urinieren gebracht werden könne, bestehe Hoffnung, sie zum Bewusstsein zu bringen.

»Kann ich sie sehen?«

»Ich rate Ihnen, zu warten ... Kommen Sie am Abend wieder ...« Der junge Mensch nickte und ließ ihn stehen.

Philipp ging hinunter. Darauf schritt er, den Koffer in der Hand, die Rue des Sèvres entlang. Er wusste nicht wohin. Er wollte im nächstliegendsten Hotel sein. Es war ihm, als ob er durch seine Nähe irgendwie helfen könnte, als ob Wellen von ihm ausstrahlen und in die Tiefen ihres Gehirns dringen müssten.

Er trat in die Halle des Hotels »Lutetia«, ließ sein Gepäck in irgendein Zimmer bringen und ging wieder auf die Straße. Es war ein warmer Morgen. Es war Samstag, der vorletzte Maitag. Er schritt hinunter bis zum Boulevard St. Germain. Er war müde und erregt zugleich. Der gestrige Abend war ihm jetzt schon so fern. Welcher Zufall, dass er sie zu dieser Stunde hatte anrufen müssen. Als ob er ihre Bedrängnis gefühlt hätte. Er war am Vorabend aus London in Genf angekommen.

Er schritt nun tapfer aus, als ob er dadurch seine Ratlosigkeit bekämpfen könnte. Er ging bis zur Seine und starrte über die Mauer auf den Kai hinunter. Man lud da Holz aus. Philipp stieg die Steintreppe hinunter und setzte sich auf einen Stamm. Hinter ihm war die Mauer, und vor sich sah er das in der Sonne blinkende Wasser. Er schaute in dieses Licht und fühlte, wie ihm der Kopf schwer wurde. Er hatte das Gefühl, geschlafen zu haben, als er auffuhr. Es stand ein alter Mann vor ihm, der verlumpt aussah und jetzt weiterging.

Als er noch einmal zurückblickte, winkte ihm Philipp. Er kam wieder heran. »Schönes Wetter!«

Philipp sagte freundlich: »Wollen Sie sich nicht setzen?«

»Ich bin gewohnt zu stehen.« Der andere lehnte sich an die Mauer.

Philipp sah nach der Uhr. Es ging auf halb elf. »Was kann ich für Sie tun?«

Der Alte sah ihn misstrauisch an: »Wie meinen Sie das?«

»Ich möchte gern etwas für Sie tun ...«

»Haben Sie gute Geschäfte gemacht?«

Philipp schüttelte den Kopf: »Wollen Sie mit mir zu Mittag essen?«

»Nein ...«

»Warum nicht?«

»In die Lokale, wo Sie hingehen, würde man mich nicht hineinlassen, und ich esse meist in den Höfen, wo man mir etwas aus der Küche herausreicht.«

Philipp starrte ins Wasser: »Sie wollen also lieber allein essen?«

»Ich habe meine Gewohnheiten ... Ich habe zu lange wie ein Hund gelebt.«

»Wofür halten Sie mich denn? Glauben Sie, dass ich glücklicher bin als Sie?«, fragte Philipp leise.

»O nein«, erwiderte der andere. »Sie sind ein Industrieller oder ein Bankier, der große Sorgen hat.«

»Wie kommen Sie auf diese Idee?«

»Weil Sie so aussehen ... und außerdem ist es doch nicht normal, dass Sie am Vormittag hier auf einem Baumstamm sitzen.«

»Allerdings.«

Der andere schien plötzlich auf etwas aufmerksam zu werden, das nebenan bei dem Lastschiff vor sich ging. Er drehte sich um und wandte sich dorthin.

Philipp war enttäuscht. Es hätte ihm jetzt eine große Freude gemacht, diesem Menschen Geld zu geben oder sonst etwas für ihn zu tun; aber er fühlte sich eingeschüchtert.

Er ging wieder die Steintreppe hinauf, sprang plötzlich in ein Taxi und fuhr nach dem Hospital Necker. Er konnte nicht schnell genug hinkommen.

Er ging am Glaspavillon vorbei, direkt in den Hof. Aber er wagte es nicht, die Treppe hinaufzugehen.

Er ging die Blumenbeete entlang, als ihm ein junger Wärter entgegenkam: »Was wünschen Sie?«

Philipp zögerte: »Meine Frau liegt oben an einer schweren Vergiftung bewusstlos, und so gehe ich hier wie ein Irrsinniger herum ...«

»Ach, das ist der Fall von gestern ...«, sagte der andre leichthin. »Verlieren Sie den Mut nicht! Wir haben vorletzte Woche eine gehabt, die lag fünf Tage bewusstlos ... Am Abend des fünften Tages ist sie zu sich gekommen ...«

»Ist das möglich?«, stammelte Philipp. Eine große Hoffnung lohte in ihm auf.

»Wenn sie vierundzwanzig Stunden überdauert, dann ist das Schlimmste überstanden ... Es ist natürlich auch eine Frage, ob das Herz durchhält.«

»Sie sprechen aus Erfahrung«, sagte Philipp bescheiden und bewundernd.

»Wir haben alle paar Tage einen solchen Fall. Die Frauen sind augenblicklich ganz konfus. Die einen hantieren mit dem Revolver, die anderen schlucken Gift ... Es ist unerhört ...«

Philipp ging wieder hinaus.

Es kam ihm merkwürdig vor, dass er nicht schon am frühen Morgen den Gedanken hatte, nach dem Boulevard Grenelle zu fahren. Vielleicht würde ihm alles, was er dort erfuhr, sehr wehtun, aber er musste es auf sich nehmen.

Als er in den schmalen Hoteleingang trat, stand de dicke Frau unter der Bürotür. Sie erkannte Philipp sofort.

»Was für eine Geschichte!« Ihr rundes Gesicht war bekümmert. »Wer hätte an so etwas gedacht.«

Philipp wusste nicht, was er sagen sollte: »Wie ist es mit dem Zimmer?«, fragte er.

»Es ist von der Polizei geschlossen worden.« Sie überlegte: »Es ist übrigens bis zum Ersten bezahlt ...«

»Das ist doch übermorgen?«

Philipp zahlte einen weiteren Monat voraus. Der Dicken wurde, als sie das Geld hatte, leichter zumute: »Und warum, warum? – fragen wir uns alle. Sie hat doch so zurückgezogen gelebt.«

»Wer kann so etwas wissen ...«

»Übrigens hat man den Herrn mit dem schönen Automobil nicht mehr gesehen. So ein junges Ding nimmt das Leben noch ernst. Vielleicht hängt es damit zusammen.«

»Mag sein ..., aber das ist ja alles so nebensächlich, wichtig ist einzig, dass sie mit dem Leben davonkommt.«

»Selbstverständlich ... selbstverständlich. Sie können sich nicht denken, welchen Schrecken wir hatten und wie das war, als der Polizist sie heruntergetragen hat ... sie hatte keine Farbe mehr im Gesicht, und die Hände waren ganz schwarz geworden.«

»Sind Journalisten da gewesen?«, fragte Philipp beklommen.

»Bis jetzt noch nicht ... es war nichts im Morgenblatt ... Die Journalisten lesen nur den Rapport auf dem Polizeikommissariat ... Mein Mann ist übrigens nach dem Spital gegangen, um sich zu erkundigen ... Hoffen wir ... Hoffen wir!«

Philipp dachte: ›Wenn der Mann aus dem Spital zurückkommt, wird er wissen, wer ich bin.‹ Er ging zum Kiosk und kaufte sich die Morgenzeitungen. Gleich im ersten Blatt fand er auf der dritten Seite unten die Notiz: »Selbstmordversuch: In einem Hotel des Boulevard de Grenelle ist eine junge Ausländerin, die vor kurzer Zeit aus Zürich gekommen war, gestern Abend mit schweren Vergiftungserscheinungen in ihrem Zimmer aufgefunden worden. Es handelt sich aller Wahrscheinlichkeit nach um einen Selbstmordversuch. Sie wurde ins Neckerspital überführt ...«

Philipp starrte, während er unter dem Viadukt stand, lange auf das Blatt. Der Polizist hatte wohl nicht gleich ihren Pass gefunden und sich mit den Angaben des Hoteliers begnügt. Er stieg in ein Taxi und fuhr zu seinem Hotel. Er nahm ein Bad, ließ sich in seinem Zimmer Schinken und Eier und etwas Obst servieren.

Er wollte sich ausruhen, aber er hatte einfach alle Herrschaft über seine Nerven verloren. Es war unmöglich, sich jetzt schon wieder im Spital zu zeigen.

So fuhr er in die Stadt. Er wollte in ein Kino gehen. Die Dunkelheit, die indifferente Musik könnten ihn beruhigen. Bei der Oper ließ er den Wagen halten und ging zu Fuß weiter.

Er kaufte Züricher Zeitungen, ließ sich vom Strom der Passanten tragen. Im nächsten Kino trat er ein. Er sah zuerst ein Ballett, die rhythmischen Bewegungen der Girls waren wie das Spiel von Marionetten.

Er schloss die Augen. Er hatte die Empfindung, dass er jetzt ruhen könnte. Plötzlich wurde er aufgeschreckt. Eine Stimme tönte hohl wie aus einem Fass.

Ein Sprechfilm begann. Philipp stand auf und suchte den Ausgang.

Er wurde sich jetzt klar, dass er ruhig durchhalten müsste, dass nichts zu vermeiden, dass dem, was kommen musste, nicht zu entrinnen war.

Er wollte aus dem Schrecklichen auch gar keinen Ausweg suchen, er wollte sich daran gewöhnen. Nur so würde er die Kraft finden, es zu meistern.

Als er um halb sieben wieder vor dem jungen Arzt stand, sagte ihm dieser, die unteren Extremitäten seien noch paralysiert, die Zyanose des Gesichts und der Hände noch nicht gewichen, aber es sei trotz alledem eine schwache Steigerung der Herztätigkeit zu spüren.

Da sagte Philipp, und er sah dabei dem anderen in die Augen, dass er sie jetzt sehen möchte.

Als er eintrat, sah er ein kleines Messingbett. Eine Schwester rollte eben einen Tisch weg, auf dem ein paar Schröpfköpfe und eine Bettschüssel standen. Dazu ein Apparat mit Schläuchen.

Im Bett lag ein winzig kleines und fast bläuliches Gesicht. Er hätte sie nicht erkannt, denn ihr Kopf schien ihm nur die Hälfte seiner normalen Größe zu haben.

Er stand mitten im Zimmer. Ein Grauen erfasste ihn. Er musste sich am Stuhl halten, dass er nicht hinfiel.

Die Schwester fragte: »Wollen Sie sich nicht setzen? Soll ich Ihnen einen Schnaps geben?«

Er schaute nur immer nach diesem kleinen Gesicht, in dem er ganz allmählich Linien entdeckte, das ihm in einer ganz neuen Art vertraut wurde.

Er starrte nach diesen tiefliegenden, von schwärzlichen Flächen umrandeten Augen; wenn er lange hinsah, war es ihm manchmal, als ob sie sich öffneten und wieder schlossen ... Und dann wollte er aufspringen. War es Entsetzen, war es eine ganz unerhörte qualvolle Halluzination?

Er war jetzt immer da. Man nahm keine Notiz von ihm. Man machte mit der Kranken Atmungsversuche, legte sie auf das Gesicht, klistierte sie. Man steckte ihr lange Nadeln in die Schenkel und entleerte Spritzen. Man ging um Philipp herum, als sei er ein Stuhl oder ein Möbel, das nicht weggestellt werden konnte.

Manchmal ging er in den Garten und sah in die Beete.

Am dritten Tag, es ging auf halb drei Uhr nachmittags, hörte Usi ein Brausen, das leise anhob und immer mächtiger wurde und sich zuletzt in eine große Pazifik-Lokomotive verwandelte, die auf dem Gleis daher stürmte. Und Usi lag wehrlos da, sie konnte sich nicht rühren, und das eiserne Ungetüm heulte ... Doch zu allerletzt löste sich daraus Philipps Gesicht, das hart vor ihr mit einem Ruck anhielt.

Sie erschrak unwillkürlich. Dann sah sie seine Augen, die plötzlich groß wurden ...

Philipp war in diesem Augenblick, als ob er keinen Atem mehr fände, als ob seine Brust ein hohler Raum wäre, darin sein Herz wie eine dröhnende Glocke schlug.

Und zugleich fühlte er: »Sie lebt ... sie lebt ...« Ein Sturm erhob sich in ihm, der ihn schüttelte, ein grenzenloser Jubel durchstrahlte sein Gehirn. Und doch kam er ihr nur furchtsam näher.

Sie starrte ihn nun groß und fragend an, während er in einer unendlich betreuenden Gebärde seine warme Hand auf ihre noch kühle und leblose legte.

Vor ihm neigte sich jetzt ein Herr mit einer dunkel umrandeten Brille über sie und äußerte: »Puls zweiundsiebzig ...« Er lächelte dazu, nickte und ging hinaus, als ob er nun weiter kein Interesse mehr an ihr hätte.